KB242342

어머니, 그리고 나의 어머니

김숙자 수필집

어머니를 그리며

50여 년 전 이야기부터 떠올리자니 아물아물.

그렇지만 잊을 수 없는 한 폭의 영상으로 내 가슴에 기쁨과 좌절과 함께 살아주었던 일기장이 있어 그 글들을 모아 수필집을 내기로 하였다.

글이란, 더욱이 수필은 본인의 주변 이야기를 많이 쓰고 있기 때문에 좋은 모습보다는 추한 자신을 드러내기 싫어서 발표하지 아니하고 접는다고 하였다.

그리고 주변의 누구에게라도 작은 상처라도 줄 수 있기에 접지 않을 수 없다고 하였다.

나도 그 말을 실감했기에 20여 년 이상을 접어 왔었다.

그러다 어머니를 홀연히 떠나보내고 안타까운 죄스러움에 일기를 쓴 것을 어머니가 누워 계시는 청계리의 태봉을 찾으면서 수필이라는 감히 부끄러운 단어로 어머니와 대화를 하게 되었으며 읽어드리는 심정으로 한 권의 수필집이 태어나게 되었다. 그리고 일기를 활자로 만드는 숙원도 풀게 되었다.

이 수필집을 어머님께 드립니다.

2005년 11월

김 숙 자

1. 어머니를 찾아가는 길

⬆ 나의 어머니

나의 어머니 · 1

나의 어머니는 열아홉 살 때 아버지에게 시집을 오시었다. 본인 의사와는 상관없이 부모님들이 짝을 지어줌으로 시집을 오신 것이다.

아버지는 상처하시어 재혼을 하셨는데 큰딸이 열세 살부터 시작하여 줄줄이 다섯 딸을 두고 처녀 장가를 드셨으니 참으로 놀랍고 대단한 분이셨다.

나로서는 이해가 되지 않는 것은 어머니의 친정이 가난하여 논밭이라도 크게 떼어받은 것도 아니고 순전히 아버지의 똑똑함에 외할아버께서 만족하여 결정을 하셨다니 그 당시의 사회풍조는 그랬었나 보다.

어머니는 한 분의 오빠와 여섯 자매 중 셋째 딸로 전남 신안군 압해면 해룡리에서 부농의 박씨가문에서 태어나셨다.

어머니는 똑똑하고 잘난 신랑감이 두 딸을 데리고 상처하였다는 말을 들었다고 하였다. 막상 시집을 와서 보니 올망졸망한 딸들이 넷이나 있더라고 하였다.

날마다 눈물로 부모를 원망하며 지내는데 하루는 시골에서 시어머니가 오신다는 연락이 왔는데 시어머니가 안고 오신 것은 세 살짜리 가시나 그러니까 나 본인이었다.

새 어머니와 첫 상면을 하는 것이었다. 어머니는 기가 콱 막히더라고 하셨다. 거무스름한 피부에 머리가 빡빡 깎이고 사내아이 옷을 입었는데 영락없는 머시마 같더라고 하였다.

더군다나 이 꼬마 세 살짜리는 언제나 양손에 먹거리로 떡이나 고구마를 들고 있었고 어머니에게는 눈길 한 번 주지 아니하고 할머니 방으로 쪼르르 달음질쳐 다니는 것이 여간 귀엽더라고 하시었다.

"아가 엄마란다 네 엄마야. 엄마라고 불러 봐라."
하고 집안의 여러 어른들이 몇 번이고 가르치면 절대로 아니라고 고개를 내두르더라는 것이다.

어느 날 할머니는 시장에 가시고 언니들은 학교에 가고 집안에는 어머니와 세 살짜리 나와 두 사람만 있었는데 어머니는 이 꼬마 아이가 지금 무엇을 하고 있을까 궁금하여 할머니 방문을 열어보니 어린 것이 유난히 까만 눈동자를 굴리면서 고개를 푹 숙이고 꼼짝도 않고 앉아 있더라고 하였다.

아무 철 없을 것 같은 이 어린 아이는 모든 상황을 다 알고 있는 듯 식구들이 출타하고 없으면 절대로 방안에서 나오지 않더라는 것이다. 행여라도 어머니 곁에는 오는 법이 없었고 할머니나 언니들이 외출이라도 할라치면 먼저 앞장서서 따라 나서더라는 것이다.

그러므로 나의 유년기는 초등학교에 입학하기 전까지 시골 큰댁에서 할아버지와 할머니의 보살핌으로 집안 어른들의 사랑과 연민으로 자라게 되었으며 그러므로 나로 인하여 어머니의 마음 고생은 차라리 없었다고 하시었다.

여기서부터 어머니와 나와의 숙명은 이미 예고되어 있었다. −(마이너스)+(플러스)=아무런 상관이 없는 것 같지만 −+가 합쳐져 밝게 켜지는 것처럼 어머니가 묻혀 있는 청계리 태봉을 찾아가면서 어머니와 나와의 관계는 −와 +의 경우가 아닌가 생각해 보았다.

*추이: 세 살 때 집안의 여러 어른들이 그렇게 어머니를 부르게 하려고 노력하였으나 나는 그때마다 고개를 살래살래 흔들었다는데 끝내 나는 "어머니"라는 아름다운 단어를 불러보지 못하고 시집을 갔다. 어머니의 자상하지 못한 성격과 세파에 힘들어 무뚝뚝한 탓도 있었겠지만 어머니라는 단어가 입에서 나오지 않아 나 또한 여간 고통스러웠으며 내 성격으로 별로 말없이 조용히 성장했었다. 사탕 하나 사 달라고 보채는 일도 응석을 부리는 일도 단 한번도 없었다.

<h1 style="text-align:center">나의 어머니 · 2</h1>

어머님은 시집 오신 그 이듬해 가을 달덩이 같은 아들을 낳으셨다.

아들은 방안이 환할 정도로 잘생겼으며 건강하여 온 집안은 물론 동네의 경사로 딸부잣집에서 그토록 바라던 아들이 태어났으니 모두가 축하로 기쁨이 넘치었다고 하였다.

어머니는 귀한 아들을 낳으므로 이 집안의 당당한 위치를 확보하게 되었고 아버지의 사랑은 물론 집안 어른들의 사랑도 한몸에 받게 되었다.

아들은 무럭무럭 잘 자라고 그 모습을 바라보며 너털웃음을 웃으시던 아버님 앞에 서면 어머니는 언제나 얼굴이 붉어지더라고 하시었다.

그때가 어머니로서는 잊을 수 없는 행복한 그리움의 추억인 듯싶었다.

두 살 터울로 딸 둘을 더 낳으셨다.

우리 집은 아들 하나에 딸이 칠공주가 되었다.

어머니는 젊으시니 아들은 또 낳을 수 있는 기회가 얼마든지 있는 것이다.

어머니는 행복하시었다. 넉넉한 살림에 침모도 있고 똑똑한 남편 그늘에서 세월이 어떻게 오고 가는지도 몰랐다고 하시었다.

그러나 사람의 일을 한치 앞이라도 누가 알 수 있단 말인가. 어머니가 스물일곱 살 때 6·25전쟁이 일어났고 스물여덟의 봄 꽃샘바람이 몹시도 불던 날에 남편을 잃으셨다.

어디 그뿐인가!

김씨 집안의 몰락이었다.

일본을 오가며 사업을 하셨고 인민의 부르짖는 공산당의 창시자 레닌을 흠모하며 해방과 함께 좌익사상으로 아버지는 깊게 물들어가신 것이었다.

그러므로 6·25는 우리에게서 아버지를 총살로 잃게 했으며 황야 같은 광야로 내동댕이쳐진 것이었다.

경찰서에서는 밤낮으로 우리 집을 가택수색하였으며 어머니를 끌고 가서 고춧가루 탄 물을 주전자에 담아서 거꾸로 매달아 놓고 얼굴과 코에다 부으면서

"네 남편 어디로 숨겼어?"

"정말로 모르요."

다시 고문은 반복되고 그리고 기절을 하고 정신을 차리니 이제는 작은집으로 끌고 가서 작은 집을 가택수색을 하고 아버지를 어디 숨겨 두었느냐고 다그치자

"당신들이 데려간 후 나는 보지 못했어라우."

"뭐여?"

그들은 총을 거꾸로 잡더니 그러니까 개머리판으로 어머니를 몇 번이고 후려치니 어머니의 무릎에서 죽음 같은 비명소리와 함께 개머리판이 깨져 두 쪽으로 쪼개지는 것을 나는 보았었다.

"악"도 아니고 "억' 도 아닌 소리를 지르시고 어머니는 눈을 희브득이 돌리며 옆으로 거꾸러지면서 무릎을 움켜쥐려는 손이 땅을 파듯이 쓰러지고 있었다.

나도 모르게 어머니에게로 뛰어가서 나둥그러진 어머니를 감싸며 울부짖으니 순경들은 크게 발길질을 두어 번 하고는

"독한 년. 내일 다시 올 테니 그때는 숨겨 둔 곳을 말해야 해 알았지?"

그들은 어머니를 향해 소리를 빽 지르고 나가는 것이었다.

아~ 엄마 엄마 나는 마음 속으로만 불렀었다.

큰언니도 날마다 문초를 받고 있었고 우리는 날마다 공포에 떨면서 무서워했다.

어느 날 큰언니는 아버지의 옷을 싸들고 경찰서 앞에서 서성이는데 평소 아버지를 존경했다는 어느 청년으로부터 며칠 전 아버지는 몇 사람과 함께 차를 타고 나갔다는 사실을 알게 되었다.

"우리 아버지는 어디로 가셨을까?"

아버지를 찾으려고 백방으로 알아 보았으나 경찰서에도 교도소에도 아버지는 계시지 않으셨다.

며칠 후 큰언니는 또 그 청년으로부터 아버지가 살아 계시지 않다는 사실과 외곽의 어디쯤에 묻혀 있다는 사실까지 알게 되었다. 그렇게 다정하셨던 우리 아버지는 이 세상에는 계시지 않다고 하셨다.

초등학교 선생님이셨던 큰언니는 우리를 끌어안고 소리 없이 슬피 슬피 울었다. 외곽의 산허리는 전쟁의 승리를 위해 굴을 파 놓았는데 주황색 띠를 두르듯 겹겹이 띠를 두르고 있었다.

어두움이 깔려 있는 새벽에 어머니는 삽을 들고 인부들과 땅을 파기 시작하였다. 시체를 한 사람 두 사람 아버지가 아니면 다시 흙으로 덮어주고 또 그러기를 몇 번 드디어 아버지를 찾으셨다.

아버지는 붙잡혀 가실 때 모습 그대로 검은색 오바를 입으셨고 손은 뒤로 포승에 묶인 채 무릎을 꿇고 얼굴은 땅에 박혀 있더라고 하였다.

그리고 전쟁은 휴전으로 3·8선이 생기면서 남과 북이 갈라지는 역사적인 생이별의 비극이 시작되었다. 어머니는 결혼 생활 7년 동안에 전실 소생의 세 딸과 남편을 잃은 것이었다.

전쟁은 앞에도 뒤에도 삼천리 금수강산을 피로 물들였으며 동네마다 쑥대밭을 만들어 버렸다. 이런 역경을 겪으면서 어머니는 여자임도 망각했는지 바위 덩이처럼 감정이 없는 사람으로 변하였으며 풀무에 달구어진 무쇠같이 강해졌으며 눈물조차 없는 사람으로 변해가고 있었다.

36년 동안이나 견딜 수 없었던 일본의 핍박에서 아버지는 인민만을 위하는 레닌의 사상을 흠모하게 되셨을까?

그로 인하여 아버지는 항변 한 번 못하시고 총살의 죽음을 당하셨고 우리는 빨갱이라는 꼬리표가 달린 채 세상에서 버려질 줄을 모르셨을까.

그러나 어머니는 다르셨다. 조금도 아버지를 원망하지 않으셨다. 좌익사상가의 아내임도 빨갱이의 손가락질도 두려워하지 않으셨다. 좌익이 무엇이고 우익이 무엇인지도 모르

시는 어머니는 남편의 사상으로 인하여 모진 고문을 당하면
서도 총의 개머리판이 어머니의 무릎에서 두 쪽이 나도록
개처럼 두들겨 맞았을 때도 어머니는 이를 악물고 견디셨
다.

아버지가 인민의 평등만을 외치던 레닌의 사상을 흠모했
던 것처럼 비록 낫 놓고 기역자도 모르시지만 아버지가 얼
마나 훌륭한 어른이었음을 홀로 가슴 깊숙이 묻고 평생을
존경과 사랑을 바치셨다.

이러므로 나는 어머니의 그림자처럼 50여 년의 길동무로
나서게 되었다.

그때 나는 열 살이었다.

50여 년의 길동무라니 무척이나 아름다운 이야기 같지만
그 속에는 난파될 것 같은 심한 풍랑도 있었으며 신작로같
이 환히 뚫린 길보다는 산 너머 산이 더 많았고 한숨도 눈물
도 셀 수 없이 있었으나 결코 생이별은 없었다.

결혼할 때까지 어머니와 동생들과 한데 엉켜 살면서 인내
가 무엇인지 희생이 무엇인지도 모르면서 보리댁이처럼 어
머니의 곁에 있었다.

⬆ 오른쪽 첫번째가 아버님

님

태산이 넘어지니
평지는 간데없고
산 넘어 산은
가도 가도 끝이 없구나.
눈을 비비고
또 비벼봐도
님 가신 길은
어느쯤인가.

레닌이 무엇이길래
어린 처자 버려두고
강 건너 바다 건너
수평선 끝자락

목을 빼고 눈을 굴려
발끝을 올려 봐도
님 가신 길은
보이지 않네.

노을진 석양에
그리움도 물들고
너와 나의 가슴에서
떠나가는 썰물 소리
내 손은 갈퀴되어
솔잎을 긁어 모아
님 찾은
한숨 소리
바람 되어 날리네.

그리움의 빈 가슴은
닻이 없는 나룻배
바람 따라
님 가신 곳 찾아
어디인가
깨어보니 허망하고
님 없는 등짝에
가난만 한 짐이네.

우리 집

아버지가 없어
가난해진 우리 집
쌀뒤주 속에는 보릿가루 한 줌
낡은 대청마루에서 삐걱삐걱
엄마의 가슴에서 삐걱삐걱

받침대 없어
가난한 우리 집
잴 수도 없는 엄마의 한숨
대포알같이 무서운 가난
언제쯤 뒤주 속에
쌀이 가득히 모일까.

아버지가 보고 싶은
사무친 애달픔
손이 시리니
발도 시리고
아파오는 그리움에
온몸이 시려오네.

금세 시들 것 같은
풀꽃 같은 숨줄
온기 없는 추운 어둠에
그리운 아버지
배도 고프니
그리움도 고파

태봉으로 가는 길 · 1

초가을의 들길은 한 폭의 그림입니다.

길가 양쪽으로 줄 서 있는 코스모스는 형형색색으로 하늘거리고, 하늘과 맞닿은 것 같은 들판의 벼 이삭은 바람 따라 황금물결 출렁입니다.

벼 이삭 위로 빨강 잠자리 떼는 붉은 고추들이 곡예를 하는 것 같습니다. 여물이 들었을 터인데도 강아지풀들은 여전히 하늘을 향해 춤을 추고 있습니다.

초가지붕 위에는 박 넝쿨 사이로 흰 박이 열려 있고 그 한켠에는 붉은 고추가 널어져 있습니다.

울타리 옆에는 노오랗게 잘 익은 호박이 뒹굴듯 가을 햇살을 방해꾼없이 온몸으로 받고 있습니다.

마당 한쪽에도 구구구 닭들도 모이 줍기에 한창이고 강아지는 토방 위에서 낮잠을 즐기고 있습니다.

농촌의 가을은 이렇게 평온하고 아름답습니다. 이 아름다움 속으로 어머니를 만나러 갑니다. 어머니도 이렇게 낭만이 있는 시골서 십구 년을 자랐습니다. 부농의 셋째 따님이었습니다. 그리고 아버님에게 시집을 오신 것입니다.

내가 철이 들면서 느낀 어머니는 오직 삶의 투사였습니다. 하늘의 낮에는 해가 있으며 하늘의 밤에는 달이 있으며 별들의 그 너머에는 별들이 모여 은하의 강을 이루고 있는 아름다움도 모르시는 듯했습니다.

아무도 몰래 새벽에 내리는 이슬조차도 어머니는 아랑곳없어 하셨습니다. 어머니는 목석과 같이 말씀도 적으셨습니다. 나는 어머니의 눈물을 별로 본 일이 없습니다.

어머니는 언제나 강철같이 강하셨습니다.

한 끼 두 끼 굶는 것도 어머니는 두려워하지 않으셨습니다. 어느 누구에게도 굽신거린 것을 저는 보지 못했습니다.

행여 누군가가 우리를 업신여겨도 묵묵부답 누군가가 싸움을 걸어와도 선은 이렇고 후는 이렇게 주고 받으며 오해를 푸는 일도 없었습니다.

어머니는 자녀들 중 특별히 누구를 사랑하시거나 편애하는 일도 없었습니다. 심지어 남들까지 (어쩌다 저 아들이 생겼을까)하고 (참 잘생기기도 했지)할 때에도 듣는 둥 마는 둥 하셨습니다.

우리를 사랑하며 칭찬하는 일은 더더구나 없었습니다. 그러나 어머니의 가슴 속에는 오직 아들이 있었습니다. 그것은 우리 식구 모두의 한마음이었습니다. 그 가난 속에서도 아들은 배고파 운 적이 한 번도 없었습니다.

아들은 고생을 몰랐습니다.

아들은 우리 모두의 가슴 속의 우상이었습니다.

톨스토이는 "전쟁과 평화' 란 걸작의 소설 속에 삶을 사랑하는 것은 신을 사랑하는 것이라는 유명한 말을 했지만 우리 식구들의 삶은 오직 남동생만을 위하는 삶이었습니다.

남동생은 아버지를 대신할 유일한 존재였으므로 남동생의 장래를 위하는 일이라면 또한 망해버린 가문을 다시 일으키는 일이었기에 물 속이든 불 속이든 뛰어들 수 있는 어머니를 선두주자로 가시나(여자 · 딸)들의 희생을 스스로 가슴에 새기고 있었습니다.

앞서도 말했듯이 그 당시 나는 열 살이었는데 시집을 갈 때까지 동생들에게 먹일 점심은 언제나 부족했기 때문에 남동생에게 한 숟가락이라도 더 먹이기 위해 점심을 먹어 본 일이 별로 없었습니다.

훗날 내가 결혼을 하고 조그마한 감기에도 저항력이 없이 파김치가 되는 것을 보고 어머니는 원수의 가난 때문에 배를 곯아서 그렇다고 안타까워하시었습니다.

그 당시 그러므로 우리는 완전히 하나가 되었고 어머니가 장악한 상태에서 끽 소리도 없이 살고 있었습니다.

어머니는 자연히 독재자가 되었습니다.

무슨 일이든지 어머니가 말씀하시면 우리는 순종했습니다. 그렇다고 우리는 불편을 느끼지도 않았으며 불행하지도 않았으며 변함없이 동생들을 사랑하였고 동생들은 언니를 따라주며 한 이불 속에서 서로의 몸으로 녹일 수 있었습니다.

어머니의 삶은 총 없이 싸우는 전쟁이었습니다.

생전의 삶을 통해 단 하루도 자신을 위한 삶은 없었습니다. 자신을 위하는 것이 어떤 것인지조차 모르는 분이셨습니다.

*추이: 어머니와 우리 형제들은 영치기 영차로 남동생을 성공시켰으며 내가 동생들을 사랑하는 마음은 60의 나이 후반에 들어서고 있는 지금도 변함이 없습니다. 일 년에 두어 번 정도 남동생을 만나면 동생의 손을 잡아주고 내 옆에 앉힙니다.

동생의 손은 솥뚜껑처럼 튼튼하고 우람하게 생겼으며 내 손이 동생의 손 안에 든 주름진 손이지만 내 느낌은 6살에 아버지를 잃은 어리고 안쓰럽게만 느껴져 건강식으로 음식을 조절하는 남동생에게 많이 먹어라 많이 먹어라 하는 것입니다.

태봉으로 가는 길 · 2

눈을 감으면
지금도 있을지 모르지만
남쪽으로 내려가면
조용한 섬
내 고향

고샅길 끄트머리에
작은 집이 있었고
작은 집 뒤안에는
반짝이는 옹달샘이
있었습니다.

어머니는 그러셨습니다.

"이 옹달샘이 마르면 흉년이 들어야."

눈을 감으면
지금도 있을지
모르지만

대나무 울타리
작은 집 앞을 지날라치면
어머니는 그러셨습니다.

"후딱 댕겨 오니라
옹달샘에 물이 찼는가."

지금도 눈을 감으면
빛나는 날개 달고
내달리는 내 고향

어머니가 떠나고 안 게시니
고향은 두둥실
감겨진 눈동자 속으로
넘실대는 옹달샘이
새벽의 이슬되어
두 뺨을 적시옵니다.

태봉으로 가는 길 · 3

달빛이 아무리 고와도
쳐다볼 줄 모르시던
어머니
달빛 그 너머에 더 밝은
별님이 있음도 어머니는
당연히 모르셨겠지.

별들이 모인
은하의 강이
금강석을 뿌려 놓은 듯
아름다워도
어머니는
당연히 모르셨겠지.

등 따습고 배 부른 것이
소원이던 어머니
가시나라는(딸) 이유 하나로
당연히 희생시켰고
오직 아들이셨던
어머니

아들이 서울서
대학만 나오면
하늘의 별이라도
따려고 하셨던가.
허리띠를 더욱
졸라매던 어머니.

뒷전으로 밀어둔
당신의 인생은
물굽이 되어 흘러가고
애간장이 녹아
막혀버린 당신의
가슴 속 물꼬는
누가 터 줍니까.

단 하루도 당신을 위해
사신 날은 이 땅에서는
없었습니다.

태봉으로 가는 길(꿈) · 4

이상한 일입니다

어머니의 초라한 모습이 네 명의 딸들에게 똑같이 꿈으로 나타나신 것입니다. 그것도 몇 번씩이나…….

막내 동생 혜란이한테서 또 전화가 왔습니다.

— 언니 어떻게 할 거야?

— …….

— 언니. 내가 이리저리 알아보니까 엄마는 객사 죽음을 해서 그렇게 초라한 모습으로 딸들의 꿈에 보이신 거래.

— …….

— 언니, 이런 경우 옷 한 벌만 태워주면 좋다는데.

— …….

— 그러면 절대로 꿈에 나타나지 않는다던데.

— 언니! 안 되는 거야? 언니는 권사님이니까 안 되는 거지? 그지?

— 시끄러워 전화 끊어.

저희들이 한다면 못 본 체 들은 체 넘어 가겠구먼 저리도 전화통에 불이 날 지경입니다. 하기야 어머님 살아생전도 식사 한 끼도 나 없이는 이루어지는 법이 없었습니다.

어머님 옆자리는 내 자리였고 내 옆자리는 남동생 자리였습니다. 왜 사람들은 사랑하는 사람을 떠나보내고서야 아쉬움에 몸부림칠까.

아쉬움은 한두 가지가 아닙니다.

모든 것이 아쉽고 모든 것이 불효투성이입니다.

교회에서 붙여준 권사라는 이름 때문에 망설이는 것은 아닙니다. 동생은 엄마와의 생전에 기쁨과 슬픔과 죄스러움을, 그리고 불효까지도 그런 방법으로라도 씻고 싶은 것입니다. 이런 마음은 우리 모두의 마음일 것입니다.

그런 일은 마음에서 오는 병이라고 말해 주고 싶었고 쓸데없는 미신이라고 타이르고 싶었지만 그것은 쥐꼬리 같은 이성의 논리일 뿐 그 마음은 내 마음이기도 하였습니다.

동생을 앞세우고 호남 고속터미널에 있는 상가에 갔습니다. 오늘 따라 종알대는 동생이 귀엽습니다.

그곳에는 백일옷이며 돌옷이며 울긋불긋 고운 옷들이 널

려 있었습니다. 망인을 위한 옷도 한쪽에 있었습니다.

옷 한 벌을 사고 꽃도 샀습니다.

정성으로 준비를 했습니다.

우리는 고속버스를 타고 고향의 어머님 무덤 앞에 섰습니다. 그리고 준비한 옷과 꽃과 과일들을 차려 놓고 기도를 드렸습니다.

"어머니 우리가 왔습니다. 반가워해 주세요. 그리고 용서해 주세요."

이제 동생은 환하게 웃었습니다.

"언니 고마워."

불교가 자비를 베푸는 종교라면 기독교는 사랑의 종교입니다. 오늘의 내 행위를 하나님은 따뜻한 사랑으로 덮어주시리라 믿습니다.

○ 저자와 어머니 (1980년 관악산에서)

어머니

여름 소나기 속으로
감자랑 보리랑 옥수수랑
머리에 이고 오시는 어머니

진눈깨비 쏟아지던 엄동설한에
손등이 거북이 등 되어

고구마랑 개떡이랑
또 어디서 얻어 오셨을까.

어서 먹어라
어서 크거라.
가슴으로만

말씀하시던 어머니.

어린 자식들에게
따순 말로 타이르지 못해
한이 되더라는 어머니.

도저히 상상하기도 어려운
폐허 위에 놓여진 가난의 극치

비극의 극치에서
어찌 따순 말이 따로 있으랴.

그러나 우리는
어머니란 따순 이름을

이렇게
가슴에 담고

어머니를
그리워하며 살아가고 있습니다.

어머니!

<h1 style="text-align:center">태봉으로 가는 길 · 5</h1>

두꺼운 오바 속으로 달음질쳐 나온 찬 바람은 비탈진 길가로 나를 내동댕이칠 기세입니다. 고향은 바람이었습니다. 어머니가 태어나고 내가 태어났던 전라도는 바람이 많습니다.

바람은 초가지붕을 용마루까지 홀랑 걷어 날아가게 하여 얼기설기 매어놓은 나무 울타리를 맥없이 넘어뜨리게 해서 바람은 늘 어머니의 한숨이기도 하였습니다.

그러나 바람은 어머니를 강하게 만들었고 바람은 또 다시 어머니를 모질게도 만들었으며 바람은 어머니를 다시 일으켜 세우기도 하였습니다.

날이 갈수록 엄마의 성격은 바람 못지 않게 괴팍해져 갔습니다. 우리 형제들은 몹시도 괴로웠습니다. 참으로 부끄럽고 내가 견딜 수 없이 창피했던 때는 우리 집은 골목에서 둘째 집이었는데 막다른 골목 그러니까 우리 집 옆집에는 남학생들이 셋이서 자취를 하고 있었습니다.

바로 그 학생들이 우리 집 나무 울타리를 지나가는 때였습니다. 어머니는 손톱만큼도 주변을 생각하는 일이 없었습니다. 더군다나 딸이 사춘기라는 것도 모르시는 모양입니다.

어머니는 화가 풀릴 때까지 욕소리, 잔소리로 퍼부어대면 가슴은 멍멍해집니다. 참으로 창피하고 부끄러웠습니다.

그때 나는 결심을 하였습니다. 후에 내가 어른이 되면 절대로 욕은 하지 않겠다고……. 그러나 오늘은 바람에 내 가슴이 멍멍해지면서 어머니의 욕소리가 그립습니다.

무덤은 말이 없고 풀잎은 다 말랐는데 바람은 왜 이다지도 극성인가. 눈 속에 묻혀 있는 빈 풀잎을 거머쥐고 슬프게 울었습니다. 울다가 자세히 보니 움켜쥔 마른 풀 사이로 연초록 새싹이 돋아나고 있었습니다.

"어머나."

새싹이라니

모두가 꽁꽁 얼어붙은 이 산골짝의 무덤가에 봄이 오고 있다니! 어머니의 무덤을 찾아오면 신비스런 고요함과 평화가 나를 감싸는 듯합니다. 분명 어머니는 내가 찾아올 것을 알고 봄을 먼저 돋아나게 했나 봅니다.

태봉으로 가는 길 · 6

나는 공부를 하거나 책을 볼 수가 없었습니다.

엉덩이를 방에 붙이고 앉아 있을 수가 없었습니다. 어머니는 극성스럽게 나를 불러내기 때문입니다.

나무 울타리가 기우뚱 넘어진다고 나더러 힘껏 밀고 붙들라는 것이었습니다. 이제 열한 살의 내 가느다란 팔에 무슨 힘이 있을 것이라고 어머니는 나만을 필요로 불러내는 것이었습니다.

언제인가 초가지붕이 썩어서 시뻘건 물이 대청마루에 뚝뚝 떨어지는데 그때도 어머니는 사다리에 나를 앞세우고 지붕 위로 올려주면서 가마니를 밀어주시며 지붕의 푹 패인 쪽을 덮으라는 것이었습니다.

두어 달 후 우리 지붕에는 파아란 벼가 자라고 있었습니다. 지붕을 덮은 가마니가 씨나락 가마니었나 봅니다. 어머니는 또 지붕을 쳐다보면서 걱정을 하시는 것이었습니다.

"내가 올라갈까."

어머니는 사다리를 붙드시고 나는 사다리를 타고 올라가서 파랗게 자란 벼를 뽑아내기도 하였습니다. 그때도 하늘은 비취색으로 파랗게 구름 한 점이 없었습니다.

후에 할머니는 이 소식을 들으시고 다시는 지붕 같은데 올라가서는 안 된다고 서러워하셨습니다. 그러다가 떨어지면 큰일난다고 하셨습니다.

언니는 나를 가리켜 계모에게 혹사 당하는 노예로 표현을 하였습니다. 그 생각은 잘못된 감정의 편견이었습니다.

어머니는 시골에서 자란 순수한 여인으로서 누구를 미워하거나 질시하거나 질투조차 없는 분이셨습니다.

어머니는 차라리 모든 것을 포기하고 체념하는 것 같았지만 어머니가 유일하게 지니고 있는 자존심은 절대로 보이지 않으셨습니다.

어머니와 나는 같은 공간에서 같은 색깔의 공기를 마시는 지극히 자연스러운 사이였습니다. 어머니는 내가 곁에만 있어도 든든한 모양이었습니다.

여리기만 한 내가 홀로 고생하시는 어머니에게 공기와 빛이라는 사실을 어느 누구도 모르고 있었습니다. 막상 어머니도 나도 몰랐습니다.

표현은 불가능하지만 우주 공간이 완벽한 구조로 일치하듯 나는 어머니의 그림자를 밟으면서 성장하였습니다.

"너희들 집구석으로 19살 먹어 시집 와서 이날까지……."

"……."

"어느 해 겨울 짐보따리를 머리에 이고 산 깔끄막(산등성)을 넘다가 넘어져서……."

"……."

이것이 어머니와 나와의 대화였습니다. 무엇이든지 어머니는 일방적이었습니다. 그리고 나는 듣기만 하는 것이었습니다.

어머니의 욕 섞인 푸념은 어느 때는 한 폭의 그림이기도 하였고 어느 때는 아름다운 시 같기도 하였습니다.

어머니는 말씀이 곧 욕이었습니다. 욕을 하시므로 어머니는 숨구멍이 트였는지 모릅니다. 그러므로 나는 어머니의 산소였을까? 자지러지도록 듣기 싫었던 그 욕 소리가 이렇게 그리움이 될 줄은…….

소월의 시가 떠오릅니다.

…… 사무치게 그리울 줄은 예전에 미처 몰랐어요.……

주검이란 어머니가 나를 보지 못하고 내가 어머니를 볼 수 없음이 곧 그리움이라 하겠습니다.

그리움은 아름다운 것이고 그러므로 어머니의 삶은 결코 빛나는 삶이셨습니다.

훗날 나의 서방님께서 못 하나 박지 못하는 선비였지만 나는 나무 울타리가 아닌 콘크리트벽에도 못 박는 것쯤은 꽝꽝 문제가 없었습니다.

나의 신랑이 대학을 졸업하고 눈이 펑펑 쏟아지는데 선을 보러 우리 집을 방문하여 나를 보는 순간 첫눈에 반하였노라고 하였습니다.

온실 속의 꽃같이 연하고 아름답게 보였다고 하였습니다.

그이는 결혼을 결심하였고 나도 그이가 싫지 않아 결혼하기 3개월 동안 편지와 시를 지어서 보내 왔는데 그때 내 이름을 선아로 지어가지고 시를 보내 왔습니다.

한자의 뜻은 착할 선 예쁠 아입니다.

결혼생활이 40년이 되었는데도 아직도 내 이름은 선아로 부르며 내 친구들도 선아라고 부르고 있습니다.

남편은 복 있는 사람이었으므로 욕 잘하는 장모를 지극히 존경하였으며 아내를 자신보다 더 높이 평가하였으며 그러므로 이날까지 살아오면서 아내에게 귀한 존재로 대접을 받고 있습니다.

태봉으로 가는 길 · 7

어머니와 나와의 만남은
운명을 뛰어넘은 숙명.
깔끄막(언덕)을
기어오르는 이브 이전의 언약
찢겨진 가슴 틈새로
상처를 보듬고
우리에게도 내일이
있기를 바라며
감겨진 눈을 떠본다.

어머니와 나와의 만남은
거스를 수 없는 숙명

뜬금없는 욕설에
가슴은 새털되어
깃발처럼 떨고
고통 속에 눈을 뜨면
사무친 그리움에
뒤로 젖힌 목구멍으로
눈물이 지나갑니다.

차라리 신비스런 내 눈빛은
퍼부어대는 욕설을 바라보며
가슴의 돌 구르는 소리에
귀를 대고
푸른 눈물 흐르는 소리에
숙명의 운명은
새 날로 밝아 오릅니다.

어머니를 찾아가는 길은 언제나 자연이 함께 있습니다

논길 걷다 보면 연두색 애벌레가 풀잎에 매달려 있고 청개구리가 팔딱팔딱 어미 찾아 뛰어다니고 눈에도 잘 안 띄는 개미 떼들이 줄을 지어 벌써부터 겨울의 먹거리를 나르고 있습니다.

참새들이 가지에서 한가로이 줄타기를 즐기고 꿀꿀 돼지가 밥달라고 울고 있습니다.

언제부터인가 돼지우리도 생겼습니다.

돼지우리에서 나오는 냄새 때문에 하늬바람이 불어오면 코를 막고 지나갑니다. 그리고 조그마한 동네 길을 지나 꾸불꾸불 산길을 돌아서면 금세 어머니의 무덤에 닿습니다.

누군가 나를 기다리고 있는 것처럼 이 좁은 산길을 단숨에 올라옵니다.

숨가쁘게 올라와 보니 오빠의 말씀처럼 금방 베어 놓은 무성한 풀들이 무덤 한켠에 소복이 쌓여 있습니다.

"네가 온다는 전화를 받고 오늘에야 벌초를 했지 뭐냐. 전화가 아니었으면 네 마음이 얼마나 서운했겠냐. 떼(풀)가 좋아서 여간 무성했어야지 유독 작은 어머니 봉우리만 말이다."

작년에 왔을 때도 어머니 무덤 가에는 유난히 고사리가 많아 낫도 없이 손으로 꺾었는데 올해도 떼가 더 많이 자랐나 봅니다.

큰댁의 둘째 오빠이신 남석 오빠는 우리 집에서 공업학교를 다니셨기 때문에 사촌 오빠가 아닌 친오빠 같습니다.

오빠는 예술에 소질이 있어 트럼펫도 잘 불었고 음악에 아주 소질이 많았으나 6·25의 집안 몰락으로 모든 꿈을 접고 농사를 짓고 있습니다.

오빠는 두 번, 세 번 같은 말씀을 자꾸 하시는 걸 보니 무성이 덮고 있을 떼를 나에게 보이지 않는 것이 얼마나 다행인가싶으신 모양입니다.

"오빠, 언제나 감사하고 있습니다. 농촌 일이 얼마나 바쁘신데……"

이렇게 먼길을 달려왔는데 어머니의 무덤 곁에서 한 시간

도 머물지 못합니다. 삶과 죽음의 거리는 종이 한 장의 차이
라고 하지만 이렇게도 멀고 달랐습니다.
　이것뿐이 아닐 것입니다.
　세월에 묻혀 아련히 잊혀지기만 할 것입니다.

　가파르게 기어오르는 벼랑
　어머니의 삶의 질긴 끈기
　벼랑 위에는 뭐가 있었을까.

　세월은 강물인가
　모두들 흘러간다고
　그래서 마음이 무디어진다고
　세월에게 핑계를 댄다.

　간이역에서 잠깐
　머물렀어도
　치닫는 바램은
　갈증으로 목말라
　솔잎 떠는 소리에
　아련히 멀어진다고
　또다시 핑계를 댄다.

❶ 남동생 내외, 어머니, 저자와 혜란(막내)

나는 원형탈모로 서울대병원에서 치료를 받고 있습니다.

퍼머를 하러 미장원에 갔다가 뒤통수의 머리카락이 움쑥 움쑥 빠진 것을 미용사가 보고 놀라 그 길로 병원을 찾아간 것입니다.

검사 결과 큰 충격을 받은 후유증이라고 했습니다.

우리와 함께 여행 중에 그것도 좁은 택시 안에서 어머니는 비스듬히 나에게 기댄 채로 그 한많은 생을 65세로 아직은 아까운 나이로 마감했습니다.

자다가도 소스라치게 놀라는 심장은 통증으로 이어지고 있었습니다. 그럴 때마다 남편은 다 잊으라고 했습니다.

어머니의 죽음은 안타까운 일이지만 이런 일들은 세상 속에 있는 일들이라고 했습니다.

어떤 말도 위로가 되지는 않습니다.

나의 건강이 여행을 하기에는 무리였지만 어머니의 생신을 앞두고 있어 어머니가 생전에 좋아하신 포도 통조림을 사 들고 몇 달만에 어머니가 잠들어 계시는 태봉을 찾아가고 있었습니다.

차창은 이제 봄기운이 완연합니다. 봄기운 속으로 어머니가 동성이(조카)를 업고 오는 모습이 보입니다.

동성이가 말을 배우기 시작하고 뛰어다니고 온갖 개구쟁이 노릇을 다 하여도 어머니는 웃기만 하십니다.

옹글진 웃음입니다. 동성이는 아주 잘생겼습니다.

우리 모두는 동성이를 여간 사랑합니다. 우리가 얼마나 저를 사랑하는지 어린 동성이는 잘 압니다.

그래서 동성이는 완전히 할머니편입니다.

"고모 엄마랑 할머니랑 또 싸웠어."

"……."

"고모 근데 할머니가 이겼어."

동성이는 신이 났습니다. 알만한 일입니다.

어머니는 얼마나 또 욕을 하셨을까.

욕은 언제 들어도 괴롭고 인간이 가지고 있는 밑바닥의 자존심까지도 사정없이 뭉개버리는 것이었습니다.

자식들이 저마다 얼마나 싫었으면 나는 커서 어른이 되면

욕은 하지 않으리라는 결심까지 했던 마음을 어머니는 짐작
도 못하시는 분입니다.

그러나 시골 시에서 서울특별시로 이사를 오신 후 놀라울
만큼 어머니는 달라지셨습니다.

고달픈 생활전선에서 물러난 점도 있지만 아들과 단둘이
만 사시니 그처럼 단정하시고 웃으시니 욕소리도 사라지는
듯했습니다.

또한 며느리를 맞이하면서부터 어머니는 더욱 특별시가
되어가고 있었습니다. 신기하리만치 어머니는 변해가고 있
었습니다. 그러나 며느리는 어머니의 투박한 음성에도 놀라
는 듯했으며 못견뎌 했습니다.

어머니가 평생을 살아온 전라도 사투리의 투박한 언어는
죽었다가 깨어나도 어머니만은 고칠 수가 없는 것입니다.
그러므로 고부간의 갈등이라는 것이 생기기 시작하였습니
다.

큰조카가 태어나고 둘째 조카(사내)가 태어나고 셋째 조
카(딸)가 태어나고 올케의 태도도 당당해져갔으며 드디어
어머니의 음색도 한 옥타브씩 높아지기 시작했습니다.

그러나 그것은 우리가 들은 욕의 빙산의 일각도 안 되는
것이었으며 차라리 어머니가 참고 견디느라 마음 고생이 더
큰것이어서 자식들은 마음 아파했습니다.

그러나 올케는 못 견디어 했고 이해 없이 참기만 하려니 그의 얼굴은 싸늘한 표정으로 언제나 굳어 있었습니다.

큰 소리가 나면 조카들은 우르르 고모네 집으로 뛰어옵니다.

"고모 고모 엄마랑 할머니랑 또 싸워."

언제나 해결사가 되어 뛰어갑니다. 조카들도 내 뒤를 따라 뛰어옵니다. 싸움은 언제나 사소한 것입니다. 퉁명스러운 언어와 이해 부족이 대결입니다. 아직도 어머니는 흥분해 있습니다. 나를 보자 더욱 당당해지십니다.

올케도 억울하다고 나를 보니 하소연이 저절로 나옵니다.

올케는 질서 있고 조리 있게 전후 사정을 이야기합니다.

누가 들어도 올케 말이 옳습니다. 화가 나시면 질서도 없이 욕과 함께 퍼부어대는 어머니. 보지 않았어도 누구보다도 나는 이해할 수 있었습니다.

나는 올케의 말에 공감을 느끼면서도 단 한번도 올케의 손을 들어준 적은 없었습니다.

오늘도 어머니의 손을 들어줘야 합니다.

6·25전쟁의 폐허 위에 28살의 꽃다운 청상과부의 모습이며 주렁주렁 감자 달리듯 내 자식 네 자식 함께 버려졌던 어머니의 모습을 구구절절 전해주면서 올케와 나는 여러 번 울기도 했습니다.

그 기막힌 날들을 구슬을 꿰듯이 수도 없이 올케에게 들려주면서 참으라고만 했습니다. 그것도 한두 번의 약효지 매번 실효는 없었습니다.

어머니의 깊은 주름살이며 거친 손등을 바라보노라면 태평양의 기후변화로 주변의 바닷가에 사는 거북이 떼들이 방향 감각을 잃고 산으로 기어올라 떼죽음을 당한 것처럼 나는 거북이 등 같은 어머니의 손등만 바라보아도 누가 옳고 그름의 방향감각을 저 태평양에 떼어 놓고 울컥 가엾은 생각에 도무지 올케의 손을 들어 줄 수가 없었습니다.

"올케야 너는 좋은 남편도 있고 자식도 있고 남편의 월급도 네 손에 있으니 엄마 좀 봐 주라."

나무라기도 했다가 달래기도 했다가 덩달아 싸우기도 했다가 결국은 나도 손을 들 수밖에 없었습니다.

이해와 사랑이 없는 올케에게 참기만을 강요하고 또 참기만 했던 올케는 크고 작은 일들이 그대로 가슴에 앙금으로 남게 되었고 더는 견딜 수 없는 한계에 도달하고 말았습니다.

올케가 서로는 해서는 안될 말들로 씻을 수도 없고 주워 담을 수도 없는 말들을 쏟아 놓기에 이르고 말았습니다.

보지도 겪지도 않은 어머니의 과거를 올케는 더 이상 이해할 필요가 없다고 했습니다.

시대의 흐름으로 불행했던 과거는 어머니의 당연한 몫이라 했습니다. 그 욕설과 무지를 자신은 이해하며 받아들일 수가 없다고 했습니다.

이제 올케는 어머니에게 쏟아 놓은 말들은 스스로 거두어 들일 수는 없었습니다. 올케는 남편과 세 명의 자녀와 어머니와 가정이라는 한계의 벽을 넘지도 극복할 수 있는 능력을 잃은 듯했습니다.

우리는 올케에게 너무나 많은 것을 바라고 있었나 봅니다. 나 역시 올케를 더 이해시키려는 생각은 여기에서 멈추었으며 나도 할 말을 잃었습니다.

올케에게 등을 돌리는 비극이 우리에게 생기고 있었습니다. 어머니는 억장이 무너졌습니다.

외동아들이기에 여자인 우리들의 희생은 당연하였으며 서울로 아들을 유학시키고 그 아들이 출세하여 고향을 떠나올 때 많은 사람들의 부러움을 샀던 어머니였습니다.

본인의 의사와는 관계없이 세상의 흐름의 소용돌이 속에서도 한치의 흔들림없이 다섯 자녀를 훌륭히 키워내신 장한 어머니였습니다. 그 욕설이 아니었고 그 무지가 아니었으면 어머니는 살 수가 없었을 것입니다.

우리 형제들은 죽으라면 죽는 시늉이라도 했습니다.

그래서 조심스런 며느리를 딸로 착각을 하셨나 봅니다.

착각은 자유라지 않습니까?

그리고 며느리 역시 무뚝뚝하고 무식한 시어머니가 도무지 친정엄마가 될 수는 없었나 봅니다.

어머니는 서울로 가기가 싫었나 봅니다. 자식들과 함께 즐거운 여행을 마치고 서울로 향하던 마지막 땅 고향의 역전 마당의 택시에서 내리지도 아니하시고 끝내 숨을 거두시었습니다.

어머니는 이렇게 조용히 가셨습니다.

열아홉에 후처로 시집 오시어 온갖 풍상을 겪으시면서 단 한번도 아버지를 원망하지 않으셨던 나의 어머니는 이렇게 조용히 65세의 아직은 젊은 나이로 가셨습니다.

이제 어머니는 새로운 나라 천국에서 새롭게 아버지의 사랑을 받으시며 내가 며느리에게 너무 욕을 했나 하실 것이며 세 명의 손자를 낳아주고 알뜰살뜰 살림살이 잘하는 며느리가 고맙기만 하실 것입니다.

그리고 생전에 그토록 칭찬에 인색하셨던 자녀들에게

"아이고 내 새끼들아 그리도 무던했던 내 자식들아 고맙구나. 고맙구나. 내 욕을 들어주어서 진심으로 고맙구나." 하실 것이며 세상살이의 고달팠던 일들을 말끔히 잊으셨을 것입니다.

이제는 저도 남편의 위로에 귀를 기울이겠습니다.

이제 내 생활을 보다 충실히 해야 되겠습니다.

시부모를 더 잘 모시는 것은 물론 교회생활이며 학원 운영도 보람되게 할 것입니다.

가슴 아팠던 일들은 남편의 말처럼 살아 있다는 증거라고 추억으로 덮으며 잊을 것입니다.

전쟁으로 인해 몰락했던 가문을 다시 일으켜 세워 보고자 오직 정신으로 버티며 어머니와 함께 악착같이 살았던 과거를 아름다운 추억의 장으로 덮을 것입니다.

그러기까지는 많은 시간이 우리에게 필요할 것입니다.

어쩌면 영원히 아물지 않은 상처로 남을 수도 있을 것입니다.

우리 모두의 상처가 아물게 되면 나는 올케와 가까워질 것입니다. 그때는 올케의 손만 들어줄 것입니다.

어머니의 무덤 가에는 고사리가 많습니다.

가을 고사리는 다 피고 세어져서 낫이 없어도 잘 꺾어졌습니다. 무덤을 둘러보니 보기가 좋습니다.

위로는 할아버님 할머님 큰아버님 큰어머님 그리고 우리 어머님 또 그 곁에는 큰집 오빠도 있습니다.

무안 청계리 태봉. 이곳은 6·25전쟁 이후 김씨의 씨족까지 다 죽은 고향이 싫다고 할아버지가 고향의 전답을 대충 정리하여 뿔뿔이 흩어져 있는 후손들을 위해 마련해 두었던 땅입니다. 그래서 할아버지는 고향에서 돌아가셨지만 유골을 이곳으로 모셔 오신 것입니다.

강 건너 압해면 고이리라는 작은 섬이 우리의 본향입니다.

그곳은 6·25이후로 고향은 가기 싫은 곳으로 무서운 곳으로 모두가 외면을 했던 땅이었습니다.

그러나 어머니께서는 6·25때 아무렇게나 묻혀 있던 아버지와 생모의 뼈를 안고 홀로 고향 땅을 찾았습니다.

인부에게 줄 돈이 없어서 어머니는 두 어른의 뼈를 석작(바구니)에 담아 머리에 이고 홀로 30리 길을 울면서 걸었노라고 했습니다.

아들은 어리고 행여라도 아버지의 뼈를 잃어버릴까 봐 아무도 찾지 않는 고향을 어머니는 택하신 것입니다.

어떤 격식도 없이 먼 친척이 땅을 파주어 두 봉우리의 묘를 쓰고 소주 한 잔을 따라 놓고 뒤를 돌아보니 강물이 넘실넘실 들어오고 있었답니다.

"두 분이 나란히 함께 있다고 생각하니 어찌나 마음이 좋던지."

"고향에다가 모셨으니 또 난리(전쟁)가 일어난다 해도 뼈를 잃어버릴 일은 없제."

이제 죽어도 여한이 없더라고 하셨습니다. 그리고 고생을 낙으로 삼고 수십 년 어느 날 어머니는

"나는 화장을 시켜주라."고 나에게 말씀하셨습니다.

나는 펄쩍 뛰었습니다.

"그 무슨 말씀이라우."

"……."

"이렇게 홀로 고생하고 살았는데 죽어서는 아버지 곁으로 가셔야지요."

"아니다 화장을 해주라."

"내가 약속할 게요. 꼭 아버지 곁으로 모실게요."

나는 천부당만부당한 말씀이라며 절대로 어머니를 화장하는 일은 없을 것이라고 다짐을 했었습니다.

새로 지은 좋은 집에 이삿짐을 들여 놓아야 했습니다.

그때 마침 며느리 친구가 기다리고 있다가 어머니에게 다가오더니

"할머니 이제 아들도 40이 넘었으니 큰방은 아들 며느리에게 주시고 할머니는 작은방으로 내려 앉으세요."

"……."

이렇게 어처구니 없게 어머니는 본의가 아니게 뜻밖으로 며느리에게 큰방을 내어주고 빛도 들지 않는 작은방으로 내려앉게 되었습니다.

"내가 벌써 뒷방 늙은이가 되었구나. 어서 죽어야지."

어머니는 그날부터 웃을 일이 없어지더라고 하시면서 나에게 당부를 하셨습니다.

"네 나이가 환갑이 되더라도 시부모님은 큰방에서 모셔야 한다."

어머니가 작은방으로 내려앉았다는 소식을 듣고 우리는 크게 실망하였습니다. 과연 동생 부부는 큰방을 차지했으므로 잠이 더 잘 왔을까?

왜? 그들은 그것이 어리석음의 지름길인 것을 몰랐을까.

그 이후 막내 제부는 처갓집에 발길을 끊었습니다.

살림은 더 늘어나고 아무리 등 따습고 배불러도 며느리와의 갈등은 깊어만 갔습니다.

조용 조용히 따지고 말대꾸하는 며느리.

두서도 없이 소리 소리 지르는 어머니.

누구 누구의 잘잘못을 떠나서 집안은 경직되고 찬바람이 붑니다.

현대에 사는 우리들은 이조 오백년의 역사까지 들먹이며 고부간의 갈등은 어쩔 수 없는 역사가 증명하는 것이라며 더군다나 어머니에게 청상과부라는 꼬리표까지 붙여 놓고 있었습니다. 바야흐로 세대가, 시대가 바뀐 것을 어머니만 모르고 있었습니다.

어머니의 시대가 황혼으로 뉘엿뉘엿 넘어가고 있다는 사실조차 모르는 듯했습니다. 아들 둘, 딸 하나를 낳은 의기양양한 며느리의 시대가 동녘 하늘의 태양처럼 붉게 떠오르고 있음도 모르고 있었습니다.

기어코 어느날 며느리는 목까지 차오르는 분노를 더 삭일 수는 없었습니다. 터져나오기 시작했습니다. 퍼붓기 시작한 것입니다.

머느리는 절대로 참지 않겠다고 집안 식구들에게 공표도 했습니다. 어머니의 거친 성격을 더 이상 받아들일 수도 없으며 어머니를 모실 수가 없다고 했습니다.

"워따매 이 소리가 먼 소리랑가."

딸도 자식이니 모셔가라고 했습니다.

이제는 지긋지긋하다고 했습니다.

"워따매 이년 말한 것 보소."

할 말을 잃은 어머니는 허공에다 버럭대며 소리를 지르다가 허우적거립니다. 차라리 하고 싶은 말을 쏟아 놓은 며느리는 기세가 더욱 당당해집니다.

기세는 당당했지만 며느리의 소리는 꽹과리의 빈 소리로 어머니의 진실을 허공에 날리고 무서운 죄짐을 자신의 등에 짊어진다는 사실을 또 어머니의 가슴에 못 박고 있다는 사실을 까맣게 모르고 있었습니다.

꼴도 보기 싫은 시어머니는 언제까지나 언어가 욕으로부터 시작하고 퉁명스런 말투가 자신을 괴롭히며 오래 오래 곁에 있을 줄 알았습니다.

어머니의 버럭대는 소리는 허공을 맴돌다 다시 어머니의 가슴으로 들어가 꽂히고 있었습니다.

어머니의 가슴 속에는 활화산 같은 불덩이가 어머니의 온몸을 태우는 듯 뜨거워 왔습니다.

"너한테 이 모진 소리를 들을라고 그 험한 세상을 살아왔구나."

"굶기를 밥 먹듯 하며 아들 하나만 키우고 가르치느라 앞도 옆도 볼새없이 살아왔는데 내 꼴을 보지 못해 딸한테 데려가라니 어따매 이 소리가 먼 소리랑가."

절대로 해서는 안될 소리를 며느리는 당당히 부르짖었습니다. 어머니는 손발이 벌벌 떨렸습니다. 이제 어머니는 할 말이 없었습니다.

그렇게 잘하시던 언어의 욕도 어디로인가 가 버렸습니다.

아 이것이 인생이구나. 내 인생에 이런 일도 일어나는구나.

어머니는 도무지 현실을 받아드릴 수는 없었습니다.

어머니는 차라리 새롭게 현실에서 벗어나고 있었습니다.

처음으로 뜨거운 후회와 더불어 감사한 마음으로 정직하게 눈물을 흘렸습니다.

그것은 처음으로 느껴보는 전실 자식들에 대한 마음입니다. 어떤 언어의 욕설도 어머니의 지친 삶이라고 들어 주었던 전실 자식들.

동생들을 이끌고 감싸고 남동생을 대학까지 보내고 물질

과 마음으로 어머니의 삶에 등불이 되어 주었던 큰딸 작은
딸.

그들에 대해서는 언제나 당연한 것으로 더 아쉬운 것만
골라 서운하다 했었는데 이제야 생각해 보니 큰딸은 한때
기둥이 되어 주었고 둘째딸은 이날까지 물질로 마음으로 몸
으로 희생하며 나를 지켜준 남편같이 든든한 존재였구나.

그들이 아니었으면 내가 어찌 이 세상을 살 수 있었을까.

아~ 내가 죄를 받고 있구나.

어머니의 눈에서 피 같은 눈물이 뜨겁게 그칠 줄 모르고
흐릅니다. 죽으라 하면 죽는 시늉이라도 받아들이던 오남매
의 순종을 어머니는 며느리에게서 바라고 계셨을까.

오직 아들 하나만 잘 가르치기 위해 배움에 매달린 딸들
을 희생시킨 어머니!

눈보라치던 깔끄막을 새끼들 먹여 살리려고 넘나들다가
넘어져서 허리를 다치던 일들을 어찌 며느리가 알아주기를
바라셨을까.

그렇지! 한 차원 높이 달님 너머에 더 크고 더 밝은 별님
들이 셀 수도 없이 많이 있음을 어머니는 당연히 모르셨습
니다.

한 끼 걱정이 태산인데 달을 쳐다볼 겨를이 없는 것이었
습니다.

아무리 속상한 일이 있어도 우직함 그대로 어머니는 잘 이겨내셨으며 며느리와 속상한 이야기도 하지 않으시므로 또한 며느리 역시 큰 내색이 없는 터라 우리는 크게 염려할 필요를 느끼지 못하였습니다.

그러나 셀 수도 없는 많은 시간 속에 풀지 못한 앙금은 두 사람의 가슴 속에 콜레스테롤처럼 쌓여져 갔습니다.

어머니는 잠실로 이사를 가시면서 정신적인 위축을 받으면서 삶의 의미를 잃어가고 있었습니다.

생활의 리듬도 완전히 깨져 버린 것입니다.

봉천동에서 나와 막내동생이 있어서 위안이 되셨고 5분만 올라가면 관악산 자락이 눈앞에 있어 새벽이면 기도를 마치시고 약수를 길러 오시면 오가는 동네 어른들과의 친목도 하루의 생활이 생기있게 시작되었으며 하루도 빠지는 일이 없이 우리 집을 출근하시면 우리 집의 가정 일을 도와 주시는 어머니 또래의 집사님과 간식을 잡수시며 딸의 살림살이도 간섭하시는 것도 뺄 수 없는 즐거운 일상이었습니다.

때로는 막내동생이랑 남대문 시장, 동대문 시장을 돌면서 이것 저것을 사고 길거리에서 아이스크림이며 김밥을 사 먹는 것도 여간 즐거운 일이었습니다.

그때도 어머니는 쓸데없는 돈을 쓰고 다닌다며 우리에게 욕을 하시고 그러면 우리는 끼득끼득 웃으며 어머니랑 함께

인 것을 여간 즐거워하는 것이었습니다.

또한 일 년에 한두 번씩 학원의 연중행사로 대형버스를 두 대씩 전세내어 워커힐 수영장으로 학원생들을 데리고 수영을 갈 때도 어머니는 원장님 어머니답게 본부석에 앉아 선장으로 선생님들을 지휘하셨으며 학원생들의 피아노 연주회마다 곱게 차려 입으시고 앞자리를 지켜 주시는 것이었습니다.

이렇게 우리의 곁에는 언제나 어머니가 계셨으며 우리는 어머니 옆에 있었습니다. 이웃 모두가 어머니를 존경하였습니다. 아들은 어찌 그리 잘났으며 큰딸은 피아노학원 원장이고 막내사위는 유명한 시인이고.

어머니가 서울로 이사를 오시면서 나는 자연스레 큰딸로 통하게 되었습니다.

언제인가 누군가가 멋쟁이인 나를 가리켜 물어오자 어머니는

"우리 큰딸이어라우." 하고 어색하게 말씀하셨습니다.

나도 처음 들었을 때는 어색하고 조금은 멋쩍었으나 어머니의 심중을 헤아리고 나도 큰딸이고픈 때가 간절히 있었기 때문에 차라리 기쁘게 받아 들였습니다.

언니의 방문도 잦지 않아 어린 조카들은 내가 큰고모인 줄 알았습니다.

이렇게 10여 년을 타향인 것을 모르시고 나름대로 바쁘게 살아오신 어머니가 잠실로 이사를 가시면서 하루아침에 생활의 리듬이 깨어져 버린 것입니다.

앞에서도 말했듯이 어머니는 무학이시기 때문에 우선 버스의 번호를 읽을 줄 모르셨으며 또 버스를 갈아타는 것도 어려운 일이었습니다.

우선 어머니에게 큰 글씨로 우리 집의 주소며 전화번호 그리고 잠실에서 오실 수 있는 버스 번호를 카드로 만들어서 드렸지만 어느날 어머니는 버스를 잘못 타시는 바람에 종로에서 내리시고 얼마나 놀라셨는지 그 이후로는 집을 나서는 것을 두려워하셨습니다.

어머니는 이제야 혼자인 것을 느끼게 되었습니다.

잠실은 너무나도 낯선 곳이었습니다.

이제 손자들도 다 자라서 할머니의 등에 매달리는 일도 없어 더욱 할 일 없는 늙은이가 된 것입니다.

좋은 집 속에서의 어머니의 생활은 6·25전쟁으로 하늘 같은 남편을 잃고 전처 소생들과 더불어 28살에 과부가 되어 기막히게 살아온 슬픔과 고통보다도 더 큰 아픔이 현실로 어머니에게서 시작되고 있었습니다.

어머니는 며느리에게 욕 잘하며 못된 청상과부의 시어머니로 동네 사람들에게조차 견디기 힘든 치욕적인 모욕과 모멸감을 받았다고 하였습니다.

내 효자 아들은 지금 어디에 있을까.

어머니는 스스로 효자라고 생각한 아들을 생각해 봅니다.

"아니제 밖에서 일하는 우리 아들이 알면 안 되제."

어머니는 고개를 흔듭니다. 동생은 말없는 효자였습니다. 어쩌다가 고부간의 갈등을 안고 또 어머니가 몹시도 화가 나 있으면 동생은 베개를 들고 어머니의 문지방 밑에서 잠을 자는 것이었습니다.

일 주일도 열흘도 그러다 어머니의 화가 풀리면 다시 원상의 생활이 시작되곤 했습니다. 이런 아들 때문에라도 어머니는 참으신다고 했습니다. 어머니는 아들이 며느리의 남편이라는 사실보다는 오직 내 아들이라는 신념이 더 깊어가고 있었습니다.

아들의 효성에도 어머니의 만족도는 조금씩 시들해져 갔습니다. 나이가 들면 사람은 누구나가 마음이 좁아지면서 결국은 어린아이가 된다는 사실을 우리는 까마득히 모르고 있었습니다. 우리로서는 어머니를 향해 점점 답답하다는 생각만 하게 되었습니다.

어머니가 잠실로 이사를 가시니 싸움의 해결사로 불려다니지 않으니 차라리 마음은 평안해지기도 했습니다.

자식들에게서 멀어졌다고 생각한 어머니는 몹시도 외로

윘습니다. 이제는 딸도 아들도 소용없다는 막다른 생각을 합니다.

40여년의 세월에 잊었다고 생각한 남편이 그립습니다. 아버지의 사진에다 얼굴을 대 봅니다. 아예 아버지의 사진과 나란히 모셔 놓았던 큰어머니의 사진을 빼내고 아버지의 사진 가슴에다 어머니의 사진을 넣어 둡니다. 이제 어머니는 아버지의 품에 안겨 있습니다.

"영호 아부지 나 이제 그만 데려가쇼."

그렇게 강하시고 당당하셨던 어머니는 우울증과 함께 안면마비가 왔으며 밝은 빛은 물론 전깃불조차도 눈이 부셔서 바라볼 수가 없게 되었습니다.

햇빛도 들지 않은 컴컴한 방에 웅크리고 앉아 있었습니다. 등 따습고 배부르면 무엇을 더 바라겠는가.

평생을 두고 원하던 행복 앞에 보리죽의 그날의 설움을 그리워하기까지 어머니는 세상사의 진리를 터득할 줄도 모른 채 스스로 무너져 내리고 있었습니다.

고향에서 살았더라면 장한 어머니상이라도 받으셨을 터인데 어머니는 우리 나라 수도인 서울의 세련된 동네에서 욕쟁이며 청상과부의 시어머니로 스스로 전락하여 버린 것이었습니다.

내 아들이 서울에서 성공했으니 어머니의 치마폭으로 하

늘의 별들이 우수수 떨어지는 줄 아셨을까.

그 가슴이 비참함으로 뭉개져 내리고 있었을 때 오남매가 되는 자식들은 다 어디서 무엇을 하고 있었을까.

고부간의 갈등도 역사라니 누가 역사를 가늠할 것인가.

어머니는 고향에 가고 싶다고 했습니다. 우리는 모두가 찬성했습니다. 서로의 마음이 언짢을 때는 여행이 특효라 했습니다.

올케가 나에게 부탁을 했습니다.

"형님 같이 가 주세요."

"……."

어머니도 나와 동행하기를 원하십니다.

두 사람의 갈등에 조금이라도 도움이 되기를 바라며 두 집 아이들까지 결석을 시키면서 우리는 즐거운 여행을 떠나기로 했습니다.

학원을 선생들에게 맡기고 여행을 하기는 처음입니다.

고향을 다녀오면 우리 모두는 기분전환이 되리라 믿었습니다. 우리는 무엇보다도 우선 올케의 마음이 편해지기를 바랐습니다.

서울을 떠나올 때는 하늘에 얇은 구름이 깔려 있었는데 태봉 길의 들녘에는 검은 구름이 바람을 몰고 오고 있었습니다.

돌아서서 가는 님을 붙잡아 보듯이 농부들은 짧은 가을 햇살을 붙들 수가 없었습니다.

동생네가 가난한 봉천동을 떠날 때는 올챙이가 아닌 개구리가 되어 풀짝 뛰어서 갔습니다.

개구리는 올챙이 시절을 기억하지 못하는 작은 동물입니다.

그들이 잠실로 이사를 간 후 동네에서는 소문이 돌기 시작했습니다.

"원장님은 친딸이 아니래요."

“어머나 그래요?”

“그럼 그 아들도 친아들이 아닐까?”

“그럼 생모는 살아 있을까?”

나는 귀를 막고 싶었습니다. 그리고 떠날 수만 있다면 이 동네를 떠나고 싶었습니다.

그들은 인간으로서 해서는 안될 행동을 하고 떠났습니다.

차라리 내가 무딘 것이었습니다.

“동생아 부디 잘 가거라. 아듀.”

아름다운 폐허 위에
말갛게 씻긴 가슴 속
참으로 노곤해서
나는 잠들고 싶어라.

산허리에 홀로 피고 지고
애잔한 들꽃이 싫어서
덤불숲에 뿌리를 내리고
싶었던가.

그곳에는 왜
내 자리가 없을까.
모래알 꿈은 허물어지고
수십 발의 실탄이
내 작은 숨줄을
말갛게 씻었네.

아름다운 폐허 위에
영원한 자유를 찾아
산허리 들꽃 되어
잠들고 싶어라.

(1987년)

나의 어머님
(어머님 영전에 삼가 바칩니다)

어머니

당신의 아들을 서울로 대학을 보내면서

속곳 속에 감춰둔 큰돈 작은돈

등록금 넣고 나니

웬수의 가난은 완행열차표 한 장

아들 손에 쥐여 주고

데모는 절대로 하면 못써야

서울은 차 사고도 많이 난께 버스랑 타지 말고

걸어댕겨라 잉 알것냐?

당부 당부하고 돌아선 당신은

기차 화통보다 더 검은 한숨

몰아쉬던 당신

외아들이기에 군대가 면제가 되는데도
가난이 웬수라 자진하여 군대에 입대했을 때
기차 화통보다 더 뜨거운
그 가슴 쓸어내리고
영호 아부지 영호 어무니 영호는 당신 아들인께
어쩌든지 무사히 잘 마치고 돌아오게 해주쇼 잉
하늘 같은 남편 죽음 앞에서도 울지 않았던
눈물이 아들 군대 보낸 역전 마당에서
쏟아지더라는 어머니

꺼이 꺼이 눈물 콧물 삼키셨던 역전 마당.
아들이 군대 마치고
대학도 마치고 그래서
당신의 고생도 하직이라며 모두의 축하를 받으며
고향아 친구야 역전 마당아 모두 모두 잘있어라 잉.
나는 서울로 간다.
아들 따라 서울로 간다.
하고 떠난 것이 엊그게 같은데
아들 밥 하루만 먹어도 원없다 했는디
무려 십여 년을 묵었응게 많이 묵었게
철대문 안에 사는 사람은 무슨 복인가 했는디

나도 이층집 철대문에서 살아 봤응게
그것도 원 풀었게
외동아들에서 아들 손자 둘씩이나
업어 키웠고 손녀딸까지 업어 키웠응게
남 하는 것 나도 다 해 봤응께
원 풀었게
고향의 선산을 둘러보러 오신 당신은
그 한 많은 역전 마당에서
당신은 아주 작은 비둘기 되어
내 가슴으로 비스듬이 기대셨습니다.

엄마 엄마 안 돼 안 돼
이러면 안 돼 엄마 안 돼
이러면 안 돼 엄마 안 돼
내 외침을 내 비명을 들으셨습니까.
당신의 죽음 앞에서 처음으로
엄마란 어휘 실컷 실컷
불러 보았습니다.
불러도 아무리 불러도
믿기지 않는 그리운 이름이었습니다.
아들이 혼절을 하고

주머니에 넣고 다니던 우황청심환을
씹어서
당신 입에 밀어 넣고
나는 당신의 코를 빨고.

그래도 당신은
어떤 미동도 없었습니다.
되려 참으로 처음 보는 편안한 모습으로
내 가슴에 안긴 당신의 모습은 곧 천사의
모습이었습니다.

어느 해든가 당신을 뵈오러
고향집을 갔을 때
당신은 새벽마다
해 뜨는 동쪽을 향하여
무릎을 꿇고
두 손을 모으시고
오직 아들을 위하여
팥죽 같은 땀을 흘리시며
기도하시는 모습을 보았습니다.
남묘호랑교를 믿는다고 했습니다.

경건한 그 모습에
말리는 것도 불효다 싶어
그 세월을 십여 년을 보냈습니다.
내 소원 중의 하나는 엄마랑 같이
교회에 나가는 것이라고
애원도 해 보고
우리는 믿는 길이 다르니
죽으면 이산가족 된다고
협박도 해보다가
다시 토라져 보다가
영 안먹힌다 싶었는데

어느 날
당신은 곱게 머리 빗으시고
현관 앞에 나가 계시더니
너희들이 믿는 예수
나도 한번 믿어 볼란다.
다시 한번
나를 감격하게 하셨던 당신
천국 가신 그날까지
단 하루도 거르지

아니하시고 기도로 일관하시던 당신
낫 놓고 기역자도 모르셨어도
당신의 삶은
어떤 스승이
그처럼 고고하셨겠습니까?
맑고 푸르고 높아서 가히
쳐다볼 수도 없나이다.

당신이 천국으로 떠나시던 날
당신의 아드님은 하루종일
꿈쩍도 아니하고
당신의 손만 붙들고 있었습니다.
점심도 물 한 모금도 마다 하고
당신의 손을 놓지 않았습니다.
살아생전에 그 손을
몇 번이나 잡아 봤을까
내 아들은 말이 없고 무심해서
결국은 섭섭하셨던 당신
절대로 당신의 아들은
무심하지가 않았습니다.
당신을 닮아서 표현이 적었을 뿐

입관예배를 드릴 때도
당신의 서울행 특급열차표를
관 속
당신의 주머니 속에 넣어 주며
어머니 기차 타고 나랑 같이
서울 우리 집으로 가십시다.
하였습니다.
어머니 나의 어머니
이제 고이 잠드소서.
언니도 셋째 인숙이도 막내 혜란이는
뒹굴며 울었습니다.
우리 모두는 큰 울음을 울었습니다.
당신의 주검 앞에
우리는 모두가 하나같이
죄인이었습니다.
이제 고이 잠드소서.
이제 고이 잠드소서.

↱ 동국대학원 졸업식에서(어머니와 혜란이)

논어

논어를 즐겨 읽는다.
"지혜로운 사람은 방황하지 않고
인자한 사람은 근심하지 않고
용기있는 사람은 두려워하지 않는다."

이 말씀 가운데 나는 지혜를 구하고 싶다.

"세 사람이 같이 길을 가도 거기에는
반드시 스승이 있다."

2- 추억의 언니들

☉ 외삼촌, 셋째언니, 아버님, 둘째언니

어머니 같았던 큰언니

큰언니는 나에게 큰언니가 아니었다.

큰언니와 나와의 사이에 언니들이 모두 죽고 없으니 언니라고 불러야 옳았으나 습관은 고쳐지지 않았다.

아버지가 없는 우리 집은 큰언니가 기둥이라고 하였다.

큰언니가 북교초등학교 교편을 잡고 계셔서 우리 집의 생계는 해결할 수 있었고 전쟁의 무질서도 조금씩 안정을 찾아가고 있었기 때문이었다.

그러나 그것은 잠깐이었다. 우리 집은 사상가의 집이었고 더 솔직히 말하자면 빨갱이의 집이었다. 그래서 큰언니는 사표를 내고 학교를 그만두게 되었다.

큰언니는 언제나 조용하였으며 책을 읽거나 그림을 그리기도 하였고 피아노를 치기도 하였다.

큰언니는 밥하는 것은 물론 설거지조차도 할 줄 몰랐다.

큰언니가 집에 있으니까 어머니와 자주 부딪치게 되었고 급기야는 싸우는 일까지 벌어지게 되었다. 큰언니는 새어머니가 이해가 부족하고 함부로 욕을 한다고 하였다.

큰언니는 도무지 이상이 맞지 않는다고 하였다. 싸우는 횟수가 점점 많아졌다. 싸움의 불똥은 언제나 나에게로 튀어 왔다.

그럴 때마다 큰언니는 창가에 벽을 기대고 앉아서 하염없이 울고 있었다. 큰언니는 울면서 무슨 생각을 했을까. 아마 아버지 생각을 했을 것 같았다.

나도 언니 곁에서 아버지 생각을 하고 울다가 굶고 잠들기가 일쑤였다. 그렇게 어둠이 묻혀 있던 우리 집에 참으로 반가운 희소식이 전해졌다.

당시 국회의이셨던 아버님의 친구가 언니를 미국인들이 운영하는 큰 회사에 취직을 시켜 준 것이다. 큰언니는 열심히 회사에 다녔으며 월급은 고스란히 봉투째 어머니에게 갖다 드렸다. 이제 우리 집은 싸움 따위는 절대로 없었으며 조금씩 안정을 찾아가고 있었다.

두 번의 진달래 피고 지고.

겨울 내내 감기를 앓던 언니는 진달래가 망울져 필 무렵 다시금 불어오는 꽃샘바람에 높은 열로 기어이 쓰러지고 말았다. 의사선생님은 X-레이를 비쳐보이며 왼쪽 폐에 공동이 두 개나 생겼다며 큰언니를 여간 나무라는 것이었다.

작년 봄에 병원에 왔을 때는 폐 침윤으로 3개월만 치료를 받았으면 완치가 되었을 터인데 지금은 공동이 생겼으니 입원해야 된다는 것이다. 어머니로서는 날벼락 같은 말이었다.

작년 봄의 침윤은 무엇이며 두 개의 공동은 무엇이란 말인가. 또 죽는다는 말인가. 어머니는 병원 바닥에 털썩 주저앉았다고 하였다.

우리 집의 형편이 너무 어려우므로 가여운 큰언니는 내색 없이 일 년이나 버티다가 병을 더 키웠으며 기어코 쓰러진 것이었다.

큰언니는 환자가 되어 방안에 눕게 되었고 우리 집은 새롭게 흔들리기 시작하였다. 혼수용으로 알뜰하게 장농 속에 넣어 두었던 유동치마, 호박단 저고리, 비로도 치마감도 하나씩 둘씩 식량과 바꾸느라 없어졌고 약값으로 팔려 나갔다.

자리에 누운 큰언니는 말수도 적어졌으며 오직 문학에만 매달리는 듯하였다. 으리으리하던 자개농도 어느날 사라졌고 문학과 사상전집이 꽂혀 있던 웅장한 책장도 없어졌다.

그 많던 책들은 몇 대의 리어카에 실려 헐값에 팔려 나갔으며 우리 집의 땔감으로 사용하기도 하였다. 우리는 아주 본격적인 가난뱅이가 되어버린 것이다.

우리는 부자들이 사는 동네를 떠날 때만 하여도 보기 좋은 기와집을 사서 이사를 하였는데 이제는 빈민들이 사는 높은 언덕의 동네로 방 두 칸만 있는 초라하기 짝이 없은 초가집으로 이사를 하였다.

그나마 방 한 칸은 남에게 세를 주었기 때문에 우리 다섯 식구는 한 칸의 방에서 기거를 하게 되었다. 방 윗목에 사발의 물이 꽁꽁 얼던 한풍마저 드센 집에서 우리는 굶주림의 가난보다는 마음이 더 얼어붙어 있었다.

큰언니의 병은 나날이 깊어가고 심한 기침에 오한이 찾아오면 식은땀으로 온몸을 홍건히 적시고 하였다. 큰언니는 자신이 얼마나 무서운 병균을 퍼뜨리고 있는가를 잘 알고 있었기 때문에 마스크를 사용하고 있었으며 벙어리처럼 손짓 발짓으로 표현을 하기도 하였다.

나는 매우 불안한 위기의식에 휩싸여 큰언니의 가슴을 쓸어주고 뱉어 놓은 담(가래)를 태우고 식기를 끓이고 곁을 떠나지 않고 열심히 간호를 하였으나 효과는 조금도 없었다.

큰언니의 병세가 깊어가는 것만큼 집안의 경제는 기울대로 기울어졌고 또한 어머니의 성격은 무섭게 사나워져 갔다. 어머니는 밥도 아닌 멀건 죽을 쾅 하고 방바닥에 놓으면

죽 그릇은 그대로 쏟아지곤 하였다.

"이 웬수년들."

이제는 망설임도 거침도 없이 일방적으로 마구 내뱉는 어머니의 욕설 욕설, 귀도 가슴도 멍멍하였다.

그런 참담한 가운데서도 열이 내리는 날은 큰언니는 곱게 차려입고 나를 데리고 친구의 집을 방문하기도 하였다.

그 식구들은 아름다운 미인과 예쁘고 귀여운 아이가 왔다고 우리를 환영하며 반겨 주었다.

"가와이데네. 가와이데네."(예쁘다는 뜻)

이런 날은 아버지가 살아계시는 날처럼 과자며 초콜릿도 먹는 날이었다. 사람들은 큰언니에게 아름다운 미인이라고 하였다. 인정이 넘치는 따뜻한 마음씨에 고운 말로 우리들을 사랑해 주어서 모두가 큰언니를 좋아하고 있었다.

아이들은 우유와 계란을 먹고 자라야 하는데 동생들에게 좋은 것을 먹이지 못해 큰언니는 여간 안타까워하는 것이아니었다. 그렇게 멋있는 말을 하는 언니가 참으로 자랑스러웠다. 큰언니는 자신의 옷을 뜯어서 내 옷을 만들어 주었고 잃어버린 신발 주머니도 만들어 주기도 하였다.

"미친년이 또 새 광목을 찢어서 신발주머니를 만들어 주다니."

어머니의 고함 소리는 지붕이 날아가게 크게 크게 소리

소리 지르는 것이었다. 그 해 겨울 내 손등이 터졌을 때도 언니는 울면서 어머니에게 대들었다.

"제발 저 어린것에게 설거지를 시키지 말아요."

또다시 고래 싸움에 불안한 새우는 등이 터지고 있음을 두 사람은 모르는 듯하였다.

방학이 오면 나는 할아버지 할머니가 있는 시골로 달려갔다. 그곳은 언제나 따뜻한 품속이었다.

할머니는 그러셨다.

"아가 학교는 댕기지 말고 여기서 할매랑 살자."

"할매 큰언니는 사람은 절대로 배워야 산다고 했어."

"아이고 불쌍한 내 새끼들 애비도 애미도 없으니 어째야 쓰고."

"……."

그렇게 암울했던 큰언니에게 또 하나의 빛이 찾아오고 있었다. 큰언니와 함께 교직에 있었던 친구가 큰언니의 딱한 소식을 듣고 찾아오신 것이다.

빛의 내용은 광주에 결핵전문병원인 예수병원이 있는데 그곳에는 결핵무료 병동이 있고 연고자가 없는 중증 환자도 받아준다는 것이었다.

그러나 그 심사가 어찌나 까다로운지 무료병동에 입원하기란 하늘의 별을 따는 것만큼 어렵다고 하였다.

그곳은 미국의 선교사들이 운영하는 곳으로 결핵환자들에게는 지상의 낙원이라고 하였다. 그러한 곳이니 담당자를 찾아가서 고아라며 무조건 슬피 울라는 것까지 당부하는 것이었다.

입원만 허용되면 집과의 인연은 딱 끊어야 된다는 것이다. 만약에 연고자가 있다는 것이 확인되면 그날로 퇴원 명령이 떨어진다고 하였다.

큰언니는 집을 떠나기로 결심을 하였다. 이렇게 한 칸의 좁은 방에서 온 식구가 산다는 것은 모두의 죽음이라고 하였다. 큰언니의 병은 무서운 전염병이라고 하였다. 광주의 예수병원이 어려우면 마산 결핵요양소에도 가볼 생각이라고 하였다.

"큰언니가 떠나면 나는 어떻게 살까."

내 가슴은 불안하여 새끼 참새 가슴이 되어 할딱거렸다. 언니가 하는 일은 모두가 아름다웠다.

유월의 초가집 마당에 저녁 어둠이 깔리기 시작하면 큰언니는 마당 한쪽에 있는 절구통 가에 손바닥만한 꽃밭에 물을 주면서 노래를 부르기 시작하였다.

우리가 노래를 부르면 큰언니는 엘토로 화음을 맞추었고 우리들의 노랫소리에 이웃에 사는 양임이 언니가 뛰어오고 즐거운 여름밤의 하모니가 이루어지기도 하였다.

학교에서 돌아와 보니 토방에 놓여 있는 언니의 신발이 없었다. 큰언니는 내가 없는 사이에 기어코 떠난 것이다.

학교에서 돌아오면 다정한 모습으로 "배고프겠구나." 하고 반가이 맞이해 주었는데 이제는 그 모습을 볼 수가 없는 것이다. 언니의 가슴에 공동이 뚫린 것처럼 집안 곳곳에 커다란 구멍이 숭숭 뚫려 바람이 윙윙 지나가고 있는 것 같았다. 나는 울다가 그대로 쓰러져 잠이 들었다.

얼마나 잤을까?

잠든 것이 아니었다. 울다가 혼절을 한 것이었다. 처음으로 견딜 수 없는 외로움과 무서움으로 홀로 남아 있는 고아임을 느꼈다. 어젯밤 내 발을 씻겨 주고 머리를 감겨 주면서 나를 잘 타일러 주었다.

"사람은 배워야 올바르게 산단다."

"시골 할머니한테 가면 절대로 안 된다. 알았지?(그곳은 학교가 없기 때문) 어머니 밑에서 도저히 견딜 수가 없으면 대성동 큰오빠(사촌)네 집으로 가거라. 오빠에게 너를 부탁한 편지를 보내마. 큰언니는 꼭 병을 치료해서 돌아올 거야. 알았지?"

"응."

용모는 단정해야 하며 학교에서는 선생님 말씀을 잘 듣고 어머니 말씀도 잘 들어야 한다고 몇 번이고 다짐을 했었다.

나는 울면서 고개를 끄덕였고 언니는 끝내 나를 안고 울어버렸다.

첫눈이 내리고 윗목에 떠 놓은 사발의 물이 다시 얼던 어느 날 큰언니는 인편에 편지를 보내왔다. 큰언니는 입원하는데 성공하였고 하나님을 믿는다면서 우리에게도 교회에 나갈 것을 권하고 있었다.

나는 언니의 편지를 어머니와 동생들에게 큰소리로 읽어주다가 언니가 너무 보고 싶어서 엉엉 울어버렸다.

"언니는 얼마나 많이 울면서 고아라고 거짓말을 했을까."

그때 이미 나는 동생들을 데리고 교회에 나가고 있었다.

그 이후 긴 겨울이 가고 봄이 왔는데 큰언니한테서는 아무런 소식이 없었다. 큰언니가 보고 싶은 어린 가슴은 멍이 들고 있었다. 혹시나 죽은 것은 아닐까.

철 없을 때 잃었던 아버지나 작은언니들처럼 언니도 돌아오지 않는 것은 아닌가. 더 기다릴 수가 없었다.

나는 큰언니에게 편지를 쓰기로 하였다.

아버지의 죽음과 두 언니들의 죽음은 영원히 돌아오지 않더라는 것과 나는 동생들을 잘 보고 있으며 어머니 말씀을 잘 듣고 있으며 올 겨울에는 손등도 트지 않았으며 교회에서 배운 노래도 잘하고 있으며 공부를 열심히 하여 이후에 훌륭한 사람이 되면 미국의 선교사님들이 큰언니를 도와준 것처럼 나도 가난한 사람을 돕는 훌륭한 사람이 되겠다며 그러나 언니가 너무나 보고 싶은데 언니는 외톨이 고아라고 또 아무도 없다고 거짓말을 하여 입원을 하였으니 만약에 탄로가 나면 큰일이니까 나는 큰언니가 돌아올 때까지 참고 기다리고 있으니 꼭 살아서 돌아오라는 내용이었다.

내 편지는 검열관의 눈에 걸리게 되었고 큰언니는 외톨이 고아가 아니므로 큰언니는 자신도 모르는 사이에 퇴원자 명단에 들어가게 되었다.

그때 내 편지를 읽은 어느 검열관이 편지를 다시 읽어보고 또 검토해 보다가 너무나도 애절한 초등학생의 사연에 한국의사 대표인 여성숙 선생님에게 보였던 것이다.

내 편지는 병원의 모든 직원들에게 공개되었고 그리고 모두가 울었다고 하였다. 큰언니는 강제 퇴원자 명단에서 제외되었고 뜻밖으로 병원에서는 나를 다녀갈 것을 바라는 엽서가 왔다.

아직도 추운 봄날, 생전 처음 기차를 타고 광주 양남동에 있는 예수병원을 물어 물어 찾아갔다.

우리는 다시 만났고 언니는 나를 부둥켜안고 울었다.

하얀 병실에 같이 있던 환자들도 울어 주었다.

언니와 환자들은 배가 불룩하게 나온 채 머리는 밑으로 다리는 위로 치켜든 상태로 누워 있었는데 기흉이라는 폐

치료요법이라고 하였다.

배에 공기를 넣어 위로 쳐받들면 폐에 뚫린 공동을 쉽게 아물게 하는 신치료법이라고 하였다. 하룻밤을 언니와 자고 나는 여성숙 의사선생님에게 안내되었다.

X-레이를 찍고 건강진단도 받았다.

여의사 선생님은 몇 번이나 내 머리를 쓰다듬어주 주시며 이렇게 작은 손으로 그렇게 감동적인 글을 썼느냐며 안아주시고 가루우유와 영양제며 미국과자도 한 아름 주셨는데 웬지 창피하고 부끄러웠다.

여성숙 선생님은 참으로 좋은 분이셨다. 평생을 결혼도 하지 않은 채 결핵퇴치운동에 앞장섰으며 훗날 우리 나라 최초로 결핵1호 의사로 지정되신 훌륭한 어른이 바로 선생님이시다.

편지 한 통의 사연은 우리를 깊은 인연으로 만들어 주었으며 큰언니는 우리 나라에서 처음으로 시술한 앞가슴의 갈비뼈를 일곱 개나 잘라내고 그 속에 들어 있는 폐의 공동을 들어내는 대수술을 무료로 받은 행운을 얻은 것이었다.

큰언니의 폐 절제수술은 전주 예수병원에서 받았는데 수술을 받은 후 마취가 덜 깬 아물거리는 상태에서 간호사가 붙들어 주어 글을 쓰는데 천국과 지옥을 오르내리는 아픔 가운데서도 내가 보고 싶다고 하였다.

큰언니는 이제 나는 폐병쟁이가 아니라고 하였다.

큰언니는 이제 건강한 사람이 되었다고 하였다.

우리랑 같이 자고 같은 밥상에서 함께 밥을 먹을 수도 있다고 하였다. 큰언니는 이제 시인이 될 것이라고 하였다.

큰언니는 서정시를 쓴다고 하였다.

아~~~~ 우리 큰언니.

우리 큰언니는 이제 건강한 사람이라고 하였다.

나는 아무리 슬퍼도 참을 수가 있었고 아무리 고생스러워도 참을 수가 있었다.

새벽 4시 통금 해제 사이렌이 불면 어머니는 나를 깨우셨다. 등겨를 사러 가기 위해서였다. 등겨는 나락(쌀) 껍질로 가난한 사람들의 땔감인데 풀무의 바람을 이용해서 불꽃이 타오르는 유일한 땔감으로 새벽이 아니면 한 줌도 살 수가 없는 것이다.

쌀 정미소에는 벌써부터 등겨를 사려고 여러 사람들이 먼지를 뒤집어 쓰고 야단법석이었다.

우리도 간신히 마포 푸대 두 개에 가득히 담아 머리에 이고 오면 동이 트고 있었다. 이런 일을 사흘에 한 번씩은 어머니를 도와드려야 했다.

이런 고생도 참을 수 있었고 또한 시골 할머니한테나 큰언니한테도 이런 이야기를 절대 하지 않기도 마음으로 다짐

했었다.

"또 이모가 와서 눈치를 주고 어떤 욕을 해도 나는 동생들과 함께 살 테야. 대성동 오빠네 집도 가지 않을 거야."

나는 다시 홀로 맹세를 했었다.

어머니의 형제는 딸이 여섯 분에 아들이 한 분이셨다.

어머니는 셋째 딸이셨고 다섯 분의 이모들이 어찌나 우애가 깊으신지 몇십 리 길을 번갈아 가면 보리며 좁쌀이며 고구마랑 옥수수랑 먹거리를 가지고 오신 것이었다.

이모들도 성격이 각각이어서 자신의 일인 양 안타까워하시는 이모가 있는가 하면

"아가 엄마 말 잘 들어라 잉."

하시며 눈물을 보이기도 하고 또다른 이모는

'젊디젊은 것이 어떻게 이 새끼들을 먹이고 살 거나." 하고 한숨을 쉬기도 하였다. 그 중 어떤 이모는

"네년들 때문에 우리 성(언니)이 고생한다. 이년들아."하고 가지고 온 먹거리를 동생들만 불러다가 먹이는 것이었다. 그럴 때마다 나는 집을 빠져나와 양지바른 동네 어귀 담벼락에 기대서서 큰언니의 얼굴을 그려보고 하였다.

견딜 수 없이 큰언니가 보고 싶었다.

"배고프지."

다정한 그 음성을 한 번만 들어도 좋을 것 같았다.

어느날 또 이모가 먹거리를 가지고 왔는데 철없던 나는 우선 먹고 싶은 마음에 고구마 하나를 집어들었는데 이모가 밀어내면서 욕을 하는 것이었다.

"네년 먹일라고 이렇게 무거운 것을 가지고 온 줄 아느냐?"

"……."

그날 나는 2킬로의 거리에 사는 사촌 큰오빠네 집을 찾아갔었다. 오빠네는 여간 반가워하며 저녁을 먹고 가라며 소고기국까지 끓여 주는 것이었다.

큰언니가 아직까지 나를 부탁한 편지를 못 보냈는지 어머니가 걱정하신다고 오빠는 어둡기 전에 어서 가라고 하셨다.

나는 오빠네 집을 나왔으나 갈 곳이 없었다. 다시 담벼락에 쪼그리고 앉아 언니를 생각하다 통금 사이렌이 울기 시작하자 나는 집을 향해 뛰기 시작했다.

막상 뛰어와 보니 대문은 굳게 잠겨 있고 아무도 나를 기다려 주는 사람은 없었다. 나와는 상관이 없는 집이었다.

잠겨진 대문을 바라보니 울음이 목줄기 속으로 삼켜지고 더 큰 그리움에 어두워진 하늘에 다시 한번 큰언니를 그려 보다가 그대로 밤을 지샌 일이 있었다. 대문에 기댄 채 잠자는 나를 아침밥을 지으려고 나온 옆집 아주머니가 발견한 것이다.

"네가 이러면 내가 어떻게 살 것이냐."

어머니는 땅이 꺼지게 한숨을 쉬었다.

삶은 이상한 기류로 묘하게 조화를 이루며 하루 하루 나를 붙들어 주었다. 누구에게나 괴팍해진 어머니의 성격으로 동생들은 병아리 떼같이 내 치마폭으로 모여 들었다.

더군다나 어머니는 외갓집으로 곡식을 얻으러 떠나면 자연히 동생들은 내가 건수하게 되었고 살림까지도 하게 되었다.

우리는 빨갱이의 가족이었으므로 고향의 방문도 허용이 되지 않았기 때문에 어머니가 갈 수 있는 곳은 오직 외갓집 밖에 없었으며 피나는 절약밖에는 없었다.

어느 날은 외갓집을 가셨는데 바람이 불고 풍랑이 일어 발동선도 나룻배도 꼼짝을 못하고 몇 날을 선창가에 묶여 있었고 비바람은 폭풍으로 바뀐 것이었다.

시골 외갓집에서는 목포 아이들은 모두 굶어 죽었겠다며 발을 동동 굴러봐도 소용 없는 일이었다.

하늘이 걷히기가 무섭게 어머니는 삼십 리 길을 내달리는데 식량을 머리에 이고 양손에 들었는데도 무거운 것을 못 느꼈다고 하였다.

"아이고 내 새끼들이 굶어 죽었으면 어찌야 할꼬."

첫 배를 타고 집에 와 보니 자식들은 고물고물 잘 있더라고 하였다. 더욱 놀라운 것은 쌀 뒤주를 열어보니 보릿가루

와 좁쌀이 조금 남아 있더라고 하였다.

어머니는 혀를 차며 입을 벌리고 놀라워하였으나 나에게는 한 마디의 칭찬도 없었으며 머리라도 한 번 쓰다듬어 주는 일도 없었다.

세를 사는 작은방 아주머니가

"아이고 우리 집 양반도 놀래라우. 어린것이 얼마나 동생들을 잘 건수하는지라우."

어머니는 잠잠히 듣고만 계셨다.

나는 시집을 갈 때까지 점심을 먹어 본 일이 별로 없었다.

우리 집 식구들은 남동생만을 지극히 아끼고 사랑하였으며 한 숟가락이라도 더 먹이려 하였다. 남동생 영호는 무럭무럭 건강하게 잘 자라고 있었다.

어머니는 굶기를 밥 먹듯 하였으며 허기는 물로 달랬노라고 훗날 말씀을 하시었다.

"뭐니 뭐니 해싸도 배고픈 설움이 제일 크니라."

어머니는 세월과 함께 고생도 이력이 생겨난 것이었다.

외갓집의 도움도 고마웠지만 어머니의 수고가 더 컸노라하였다. 외숙모에 대한 섭섭함 앞에 어머니는 서러워하였고 골병들만큼 몸을 아끼지 아니하고 소처럼 일해 주었노라고하였다.

낯선 동네에 가서 일해 주었더니 삯으로 받은 곡식이 더 많았노라고 하였다. 이제 어머니는 계산도 할 줄 알았으며 씩씩한 용사가 되어가고 있었다.

양님이네 올케랑 장삿길도 떠나게 되었고 성냥이며 양초를 가지고 가서 곡식과 바꾸어 오면 곡식은 시장에 가서 팔고 또 성냥이나 양초를 사 가지고 시골로 가시는 것이다.

외갓집에서 오라고 하여도 어머니는 가지 않으셨다.

어머니가 생활의 용사가 되어가니 우리 집은 절대로 내가 필요하게 되었고 이제는 어머니가 젖을 먹이며 업고 다녔던 막내동생 혜란이를 젖을 떼고 집에다가 놓고 다녔기 때문에 혜란이까지 내가 키우게 되었다.

그뿐이 아니었다. 시골 할아버지도 나를 데려가기로 하였고 나의 생모인 친정 그러니까 외갓집에서도 나를 데려가겠노라고 나선 것이었다.

딸 부잣집의 딸들이 모두 죽었으며 큰딸마저 병들어 죽을 날을 기다리고 있는 터에 하나라도 살려야 한다는 것이었다. 여기에 두었다가는 또 죽는다고 하였다.

나는 망설일 필요도 없이 어느 곳도 가기를 거부하였다.

동생들을 버리고 갈 수도 없을 뿐더러 어머니도 도와 드려야 하였고 학교도 다녀야 하였으며 큰언니가 읽으라는 한국문학 소설책도 읽어야 하였다.

어머니는 퉁명스럽고 우직하고 정직하였으므로 언니가

떠난 이후 우리는 차라리 어우러져 갔으며 욕설은 여전하였으나 절대로 어느 자식에 대해서 편견이 없으셨다.

하나뿐인 아들에게조차 살풋한 정을 주시지 않으셨다.

훗날 남동생은 성장과정을 회고하기를 큰누나는 어머니였고 작은누나는 아버지였다면 자신이 여기까지 올바르게 살 수 있었던 것은 어머니는 물론 두 분의 누나에게 감사한다고 하였다. 조금만 기다려 주시면 두 분을 모시고 유럽 여행을 시켜 드리겠노라고 하였다.

내가 결혼하여 가훈을 정직으로 결정한 것은 두 가지 이유가 있었는데 그 중 하나가 어머니한테서 받은 영향이었다. 어머니로 하여금 나는 고아가 아니었으며 어머니로 하여금 세상에서 가장 값진 동생들을 셋이나 두지 않았는가.

이 글을 쓰면서 몇 번을 멈추고 엉엉 울었다.

심지어 친구들조차도 위선자가 아닐까 할 만큼 계모라는 소리는커녕 그 언어조차 가슴 속에라도 담아본 일이 없었는데 이 글을 쓰기 위해 언니를 통하여 간접적으로라도 표현을 하였기에 어머니에게 죄송하여 몇 번이나 글 쓰는 손을 멈추고 울었다.

바로 두어 달 전의 일이다.

언니의 시 작품이 MBC 라디오 전파를 타고 낭송되는 것을 마침 옛날 고향의 이웃에 살았던 양님이 언니가 듣고

MBC 라디오 방송사로 연락하여 언니의 전화번호를 알았고 언니를 통해 내 전화를 알아가지고 우리는 금세 만나게 되어 참으로 반가웠다.

우리는 이산가족이 만나는 것처럼 부둥켜안았고 헤어질 때까지 서로 손목을 붙들고 있었다. 양님이 언니는 우리의 만남이 40년만이라고 하였다.

우리는 화제 중에서도 가난했던 그 시절을 뺄 수 없었다.

"어린 네가 하도 안타까워 찐 고구마라도 한 개 먹으라고 주면 절대로 혼자 먹는 법이 없고 얼른 치마 속에 감추고는 남동생에게 먹이더란 말이다."

동네에서도 소문이 날 만큼 싹수가 있더라는 것이다.

"저 집 아이들은 꼭 성공할 거이구만. 여간 싹수가 있어야지."

집으로 돌아온 나는 한글사전을 찾아 보았다. 한글사전에는 싹수=앞으로 잘 트일만한 낌새나 징조를 말한다. 라고 씌어 있었다. 그리고 양님이 언니는 가장 궁금한 말을 또 물었다.

그 남동생이 두 누나에게 잘하고 있느냐고. 나는 대답 대신 목에서부터 눈물이 고여오고 있었다. 내 놀던 옛동산의 노래가 뜬금없이 생각나서 나는 울고 싶었다.

언니가 뱉어 놓은 담(가래)에는 균이 들어 있기 때문에 동생들에게 전염이 되면 큰일이어서 열심히 태우기도 했지만 언니로 하여금 사람은 배워야 산다는 것과 우유와 계란을 먹어야 한다는 것과 지금까지 일기를 쓴다든가 나의 핸드백 속에는 언제나 메모할 수 있는 볼펜이 들어 있는 것도 언니 한테서 받은 영향인 것이다.

지금도 건강진단을 받을 때마다 X-레이를 찍으면 의사 선생님은 물어보신다.

"폐를 앓으셨군요." 한다.

그러나 나는 폐를 앓은 적이 없는 것이다.

결핵균은 나에게도 침투하였으나 파아란 하늘 아래서 어머니를 돕고 동생들을 돌보아야 하는 우리들의 처지에 하나님은 더 이상의 불행은 허락지 아니하였으므로 결핵균은 나도 모르게 왔다가 나도 모르게 떠나가 버렸으리라.

새끼 파랑새

저 높은 고갯길
바람 소리만 윙윙
젖은 날개 후두둑 후두둑

새끼 파랑새 한 마리

고목이 되어버린 그리움
다시 한 번 퍼드득
고요소리 바람 소리

저 높은 고갯길
바람 소리만 윙윙
구름조차 바람 따지라
쉬어가지 못하는 곳

산 넘어 또 그리움
비바람만 윙윙
젖은 날개
후두둑 후두둑

파랑새 한 마리
배고프겠다
듣고 싶은 그 한 마디
멍든 동심
아픈 그리움
파랑새 한 마리

⬆ 큰언니, 저자, 남편과 막내 혜란(딸의 예고 졸업식에서)

큰언니

언니가 나에게 어려운 부탁을 하시었다.

세종문화회관 이층 사랑방이란 커피숍에서 언니가 시 낭송을 하게 되었는데 몸이 아파서 도저히 참석할 수가 없으니 나더러 대신 나가서 시 낭송을 해달라는 것이었다.

'새벽녘의 첫닭 울음 소리' 란 제목이었다.

언니가 여름 피서로 문인협회에서 주최하는 시인학교에 참석하여 시골 어느 마을에서 하룻밤을 지새다가 새벽의 첫닭 울음 소리에 어릴 적 고향이 물밀듯 생각나서 시를 지었다고 하였다.

그곳 사랑방에는 유명한 시인들로 또 시를 사랑하는 사람들로 가득차 있었다. 형부가 주최가 되어 지은이들이 차 한 잔의 낭만과 그리운 이들과의 만남을 주선해서 이루어진 자리었다.

내 차례가 되었다.

나는 언니의 시를 낭송하기 전에 이 시를 지은이는 내가 아니고 언니라는 것과 언니는 아름다운 처녀시절에 폐를 앓아 앞가슴 갈비뼈를 7개나 잘라내는 폐 절개수술을 하였다는 것과 그리고 기적처럼 살아난 것은 신앙 같은 시가 있었기 때문이었으며 다시 기적의 신화처럼 두 아들을 낳았는데 큰아들은 연세대학원생이요 둘째 아들은 서울대학교에 다니고 있다고.

이런 언니의 시를 동생인 제가 낭송하게 되어 무한히 기쁘며 감사하다고…….

대충 이런 내용의 인사말을 하고 나니 나는 그만 목이 메어 어젯밤 낭랑하고 멋스럽게 연습하였던 감정은 어디로 날아가 버리고 말았다.

듣는 이로 하여금 안타까움을 자아낸 탓인지 큰 박수갈채를 받았다. 천국과 지옥을 오르내리는 대수술 앞에서도 시상이 떠오르더라는 언니.

째지게 가난한 움막집 주변에다 코스모스를 심어 놓고 시심을 불태웠던 언니. 보리방아에 물을 부어 놓고 방아는 찧지도 아니하고 하늘을 바라보면서

"저 구름 좀 봐!"

감탄을 연발하던 언니.

나도 언니의 눈길이 닿는 하늘을 쳐다봤을 때 푸른 하늘
에 떠있는 구름은 학의 꼬리 깃털처럼 저녁 노을의 주황색
과 맞물려 그렇게 아름다울 수가 없었다.

언제나 나를 배움의 길로 인도했던 언니.

무척 어렵게 동국대학원을 졸업한 것도 형부의 배려였다.

이런 언니의 시를 낭송할 수 있는 오늘 나는 무척 행복한
날이었다. 기념 촬영을 하고 밤길을 돌아오면서 시의 아름
다움에 흠씬 젖어 있었다.

새벽녘 첫닭 울음소리

안면도 권안면
해변 시인학교
삼면이 바다에 에워싸인 명승지
태안반도인 안면도

오랜만에 고향에 돌아와
들어보는 닭 울음 소리인 양
몸도 마음도 구원받듯

편안이 편안이 안식에 젖어든다.

험한 세파 씻어 주는
두엄 냄새의 고향의 소리
목청 뽑아 새벽을 여는
한 마리의 첫닭 울음 소리
어찌 그리 좋단 말인가.

몇십 년만의 귀향인가 싶을 정도로
그동안 나는 고향도 없는 나그네였던가 싶다.
첫닭이 울기 전에 세 번이나 예수를 부인했던
시몬 베드로 이 한 마리의 뜻 깊은 닭 울음 소리

세상의 혼돈 씻어 주고
온갖 인간사 죄악 씻어 주고
하늘의 소리
첫닭 울음 소리, 구원의 소리.

1998.9.5 오솔길 동인회 모임에서

큰언니

언니의 맑은 눈동자는
꿈꾸는 지평선

강 건너 산 넘어
생모의 그리움에
심취한 문학
시를 쏟아내는 원천

각혈 한 움큼에
시 한 수
갈비뼈 일곱 개 잘라내고
시 한 수

철거민 시옷자 집에서
코스모스 피었다고
또 시집 한 권
지하실 셋방에서도
수필집 한 권

큰아들 연세대학 대학원에
들어가서 시집 한 권
둘째 아들 서울대학교를
졸업해서 시집 한 권

그러면서도
본향 그리워
또 시 한 수
우리는 영원한
한문잡이며
영원한 나그네들의 설움

언니

내가 이렇게 수필집을 내고 싶었던 이유는 어려서부터 언니의 영향으로 책을 많이 읽었고 일기를 쓰는 버릇이 평생으로 이어졌기 때문입니다.

언니가 우리 집에 오면 나는 부끄러웠지만 나의 일기장을 보여 드리면 언니는 여간 감탄을 하셨습니다.

"우리 집안에서 네가 작가가 되었더라면 대성했을 거야. 이것은 일기가 아니라 작품이구나."

이런 칭찬에 용기를 얻어 그 당시 국제펜클럽 회장이시고 동서문학지의 사장이셨던 전숙희 선생님을 찾아갔었지요. 선생님은 두 편의 내 수필을 즉석에서 읽으시고는 이 정도 실력이면 추천 받을 필요 없이 책을 출판하라고 하셨습니다.

그러나 나는 며느리이며 주부며 또 학원 운영도 하고 있어서 글 쓸 시간이 도무지 없었습니다. 그렇게 세월만 보내다가 어머니가 갑자기 돌아가시므로 비로소 나는 그리운 고향을 찾은 것입니다.

언니가 어렸을 때 생모를 여의고 고향을 못 잊어 했듯이 그리고 시심으로 마음을 달래며 시를 쏟아냈듯이 나의 고향은 비록 배 아파 나를 낳아 주시지는 않으셨지만 나를 키워 준 어머니가 나의 고향이었습니다.

언니가 언니의 고향을 그리워하며 노래했던 것을 이제야 알 것 같습니다. 나는 어머니에 대한 그리움과 죄스러움과 추억들을 가슴에 담아 둘 수는 없었습니다. 그래서 글을 쓰기 시작하였습니다. 그러므로 이 책은 나의 어머니에게 드리는 것입니다.

작은언니들

내 위로는 언니가 세 분 있었다.

셋째 경숙언니는 울기를 잘하고 춥다고 웅크리며 따뜻한 아랫목만 차지하고 누워 있었다. 어디가 어떻게 아픈지 기침을 심하게 하였고 식은땀을 흘리며 맛있는 음식도 먹기 싫다며 고개를 젓는가 하면 한약은 쓰다고 울기만 하였다.

그러던 어느 날 학교에서 돌아오니까 대문은 활짝 열려 있는데 집안은 너무나 조용하였고 할머니는 보이지 않았다.

방안을 들여다보니 경숙언니는 보이지 않았고 언니가 누웠던 곳은 이부자리가 없이 깨끗이 청소가 된 채 붉은 고추가 매운 연기를 뿜어내며 타고 있었다.

우리 집 뒤뜰에는 과자를 만드는 공장이 있었고 뒷문 곁에는 복사꽃나무가 있었는데 그 나무 아래에서 할머니는 조

그마한 다과상에 물 한 그릇을 떠 놓고 두 손을 싹싹 비비면
서

"아이고 하늘에 계시는 영천님. 불쌍한 내 강아지 경숙이
가 극락에 가서 꼭 제 에미를 만나게 해 주쇼. 우리 집안에
있는 몹쓸병도 몽땅 없어지게 해 주쇼. 꼭 에미를 만나게 해
주쇼."

몇 번이나 같은 말을 되풀이하며 빌고 또 빌었다.

그날 할머니는 여러 개의 방에 붉은 고추를 태우면서 매
운 연기 탓인지 종일 우셨으며 나를 안으시고 한손으로는
손바닥을 부채처럼 까부러져 매운 연기를 나에게 날아오게
하면서 그 주문을 또 하시는 것이었다.

나는 매운 연기 탓으로 숨이 막힐 지경이었다.

둘째 순자언니도 학교에서 돌아오자 할머니는 또 그 주문
을 하시고 매운 연기를 씌워 주시는 것이었다.

할머니는 허리를 굽혀 절까지 하시면서 계속 반복하는 것
이었다. 그리고 이 년 후

6 · 25 그 이듬해 봄, 둘째 순자언니는 약 한 번 써보지
못하고 아버지도 없는 집에서 어머니에게 못할 짓이라며 할
아버지와 할머니가 계시는 고향으로 가겠다고 하였다.

작은언니를 고향에 데리고 갈 사람이 없어서 걱정을 하였
는데 작은언니는 나와의 동행을 원하였다.

어머니가 부둣가 선창까지 언니를 업고 돛단배에 우리를
실어 놓고는 어서 병이 나아서 오라고 하시면서 눈물을 감
추셨다. 돛단배 위에서 작은언니는 이불을 뒤집어 쓰고 식
은땀을 흥건히 흘리면서 나더러 자꾸만 춥다고 곁으로 바짝
앉으라고 하였다.

나는 순자언니한테서 공부를 배웠는데 도무지 이해력이
없고 미련하다고 얼마나 쥐어박는지 작은언니가 무섭기만
하였다.

밥을 왜 늦게 먹느냐.

이 바보야 너는 옷도 혼자 못 입느냐.

뺄셈인데 왜 덧셈으로 하느냐.

점 찍는 것을 왜 잊었느냐.

또 신발주머니를 잃어 버렸느냐.

너는 연필도 깎지 못하느냐.

작은언니는 언제나 신경질적이었으며 좋은 말로 타이르
는 법이 없었다. 언니 앞에만 서면 나는 고양이 앞에 쥐처럼
주눅이 들었다.

식구들은 어린 것을 너무 닦달한다고 작은언니를 나무라
기도 하였으나 작은언니는 막무가내로 나의 한순간도 놓치
지 않고 나쁜 습관과 나쁜 버릇은 당장 고쳐야 한다는 것이
었다.

그런 언니가 춥다고 자기 곁에 바싹 붙어 앉으라니 나는
다시 고양이 앞에 쥐가 되어 할 수 없이 엉거주춤 앉았더니
이불자락을 들어 폭 싸주면서 이제는 춥지 않을 것이라고
한다. 작은언니랑 나는 눈만 빼끔이 내놓은 하나가 되었다.

우리는 덩치가 큰 눈사람 같았다. 뱃사공도 노를 저으면
서 우리를 바라보고는 잘 생각했다고 하였다.

물살이 뱃전에 부딪치는 소리가 들리기도 하였으나 나의
귀에는 언니의 가슴에서 가래 끓는 소리가 더 크게 들려 왔
다. 작은언니는 나에게 속삭이듯 계속 이야기를 하는 것이
었다.

"우리는 이제 아버지가 계시지 않으니까 엄마 말씀을 잘
들어야 하고 쿨룩 심부름도 잘해야 하고 동생들도 사랑해야
하고 공부도 더 열심히 해야 하고 쿨룩."

"……."

"이제는 누가 너를 공부를 가르쳐 줄 사람이 없으니까 너
스스로 해야 되고 쿨룩."

"……."

"나는 이제부터 시골에서 살게 될 거야."

"……."

"학교 갈 때는 머리도 예쁘게 빗고 가야 하고 쿨룩."

"……."

“책가방도 혼자 챙겨야 되고 쿨룩.”

“…….”

“옷도 혼자 입어야 되고.”

“…….”

“밥도 빨리 먹어야 되고 쿨룩.”

“작은언니! 나는 밥을 빨리 먹을 수도 없고 옷도 혼자서
는 입을 수도 없는데.”

“…….”

작은언니는 나를 안아 주면서 울고 있었다.

뼈만 앙상한 작은언니의 몸은 불덩이같이 뜨거웠으며 떨고
있었다. 갑자기 작은언니가 왜 이러는지 알 수가 없었다. 작
은언니가 무섭지도 않았으며 웬지 측은한 생각까지 들었다.

“너는 귀엽고 똑똑한 아이니까 이제는 혼자서도 잘할 수
있을 거야.”

“작은언니! 나는 할머니하고 살고 싶어.”

“…….”

“할머니는 다 해 주잖아.”

“이제 할머니는 아버지가 계시지 않은 목포집에는 오시
지 않을 거야. 쿨룩.”

“그럼 작은언니가 또 해 줘야지.”

“나는 아파서 공기가 좋은 시골에 있어야 되니까 아마 못

가기가 쉬울 거야. 쿨룩."

"한 달만 시골집에 있으면 병이 다 낫는다고 했잖아."

"내가 날마다 공부 못한다고 너를 꾸중만 해서 작은언니가 미웠지? 쿨룩."

"아니."

작은언니는 말보다는 기침을 더 많이 했었다.

작은언니는 소중한 보물처럼 다시금 흘러 내린 이불로 나를 감싸 주었다.

"너는 건강하게 자라야지."

"……."

"너는 아프지 말고 건강하게 잘 자라야 돼."

작은언니는 몇 번이나 이 말을 되풀이했다. 누구든지 나를 만나는 친척들마다

"아가 건강해야 한다. 무병하게 잘 커야 한다."고 했다.

작은언니는 이제는 보이지도 않는 목포항의 부둣가 쪽을 바라보면서 하염없이 울고 있었다.

이른 봄의 매서운 바닷바람에 하느적거리는 돛단배 위에서 이불을 둘러쓰고 주고받은 대화가 작은언니와의 마지막이 될 줄은 나는 몰랐으나 작은언니는 이별을 준비하고 있었다.

죽음의 물결이 휘감고 있는 사춘기의 작은언니는 아주 조

용히 받아들이고 있었다.

두뇌가 뛰어나게 명석하여 아버지가 법관으로 키우려 했다는 작은언니는 생모의 죽음과 아버지의 죽음을 겪으면서 죽음의 이별과 자신의 죽음도 알고 있었을까.

그러나 죽음의 이별 앞에 격동은 없을지라도 이 어린 동생과의 마지막은 끝내 부둥켜안고 울 수밖에 없었다.

작은언니는 심하게 기침을 했고 흰 손수건에 빨간 피가 젖어 오고 있었다.

"작은언니."

"괜찮아."

"작은언니."

내가 작은언니의 가슴을 쓸어주자 언니는 눈을 감고 내 손을 꼭 쥐어 주는데 언니의 손은 불덩이같이 뜨거웠고 눈에서 눈물이 또다시 쉴새없이 흘러 내리고 있었다.

두어 달 후 작은언니는 진달래가 피어 있는 고향의 통사골 뒷산에다 묻었다고 머슴이 나에게 말해 주었다.

생모를 잃었을 때 주변의 안타까움을 샀던 유난히 까만 눈동자에 속눈썹이 길었던 딸 부잣집의 딸들은 이렇게 셋이나 소리 없이 죽어 갔다.

작은언니의 말처럼 할머니는 목포 땅에 다시는 발을 붙이지 아니하시고 돌아가셨다.

작은언니

삐그덕 삐그덕 노 젓는 소리
닻도 없는 작은 배
노인이 노를 젓는 작은 배
작은언니는 나와 이별을 한다.

이별이 무엇인지도 모르는 나에게
자꾸만 이별을 하려고 한다.
뱃전에 부딪치는 물살 소리보다
작은언니의 가슴에서
가래 끓는 소리만 내 귀에 들린다.

고향의 뒷산 통사골
봄이면 진달래가 흐드러지게 피고

보라색 꽃을 피우는 도라지도
아기 손가락 같은 고사리도 자라는
통사골 뒷산에서

두 작은언니들은
생모를 만났을까.
그러면 셋째 언니는
이제는 아프다고 울지 않겠지.
울지 말았으면 좋겠다.

죽음의 물결이 휘몰아치는데
두뇌가 명석한 작은언니는
부드럽고 조용하게 서서히
격동을 다스리며
철없는 동생에게 모르는 것을
타이르며 이별을 하려고 한다.

삐그덕 삐그덕 노 젓는 소리
닻도 없는 작은 배
노인이 젓는 작은 배
작은언니는 나와 이별을 하려고 한다.

3. 나의 기도 

○ 앞줄 오른쪽 은정, 두번째 이정

나의 기도·1

이정아, 은정아

눈에 넣어도 아플 것 같지 않은 내 사랑스런 손녀야.

무엇이 그렇게 재미있는지 이 할미에게 자세자세 말해 주렴.

어린이날을 이 세상에 선포하신 방정환 선생님은 어린이한테는 부드러운 존댓말을 또한 꾸중을 하더라도 자세자세 타이르라고 하셨단다. 그분은 너희들도 이제 알게 되겠지만 참으로 훌륭한 분이셨단다.

너무도 오랜 세월 동안 우리 나라는 빈곤의 역사가 있었으며 어린이들은 부모의 심부름꾼으로 순전히 부모를 위해 효를 위장하는 환경 속에서 어린이의 인권은 무시되고 늙은이 젊은이라는 말은 있어도 어린이라는 말조차 없었던 때에

소파 방정환 선생님은 '어린이' 라는 새 말을 만들어 내셨단
다.

　일본의 식민지 시절에도 어린이들을 모아 놓고 구연동화
로 웃고 울리며 꿈을 키워 주셨으며 일본 순사(경찰)가 감시
하러 왔다가 선생님의 슬픈 구연동화에 그만 울고 돌아갈
정도였단다.

　　겨울 밤에 오는 눈은 어머님 소식
　　혼자 누운 들창에 바아삭 바삭
　　잘 자느냐 잘 크느냐 묻는 소리에
　　잠 못 자고 내다 보면 눈물납니다.

　'눈' 의 한 부분인 선생님의 시란다.
　읽기에 쉬우면서도 할미는 이 시를 읽으면 눈물이 스름스
름 고여 오는구나. 이 짧은 시 속에는 어머니의 따뜻한 마음
이 가득히 담아져 있는 것 같구나.
　할미는 며칠 전에도 너희들과 함께 있었고 또 금세 갈 수
있는 거리에 있으면서도 우리 아가들이 잘 크고 잘 먹고 있
을까 하고 금세 보고 싶을 때가 있단다.
　사람들은 선생님을 가리켜 어린이와 한국 문단에 한 획을
그은 횃불이라고 하신단다. 그것은 일본의 식민지 아래서

우리 민족의 아들딸들의 마음 속에 따순 피와 더운 눈물을 넣어주셨으며 선생님의 가슴은 어린이들을 위한 사랑으로 가득 넘쳤기 때문이란다.

그렇게 훌륭하신 선생님은 1931년 7월에 33살의 짧은 생을 마치셨단다. 선생님의 죽음 앞에 모두가 울었단다.

우리 이정이 은정이가 한글을 깨우치게 되면 방정환(소파) 선생님의 주옥 같은 글들을 할미는 꼭 권하고 싶구나.

이정아 은정아 무엇이 그렇게 너희들을 기쁘게 했는지 이 할미에게 자세자세 말해 주렴. 오늘도 잘 자고 잘 먹고 건강하게 잘 크거라.

안아도 안아도
또 보듬고
싶은 우리 아가들 원시림의 산소인가
새 하늘에서 내린
새벽녘의 이슬인가

흐느러진 초록 속에
너를 잠재우고
살랑 부는 바람에게
입술에 손가락을

없으며 쉬 쉬
우리 아가 깨우지 말거라.

들여다보면 내 눈은 부셔 오고
밤하늘의 은하수보다도 더

이정아 은정아
금물결 은물결보다도 더

부셔 오는 동공에
할미는 네 창가로 가서

눈에 넣어도
아플 것 같지 않은

내 새끼들아
잘 크거라
잘 자라거라

소복이 쌓인
흰 눈위에
속삭이고 싶구나.

(1998.1)

나의 기도 · 2

내 전부일 것만 같은
내 아가를
그러나 신이 아신다면
질투할 것 같아서

당신이 나에게 주신 선물이니
내 전부라 하여도
나무라지 마소서.

이브가 했던 핑게를
나는 이브의 후예이기에
당신이 나에게 주신 선물이라고
당신의 질투라면

멈추게 하고 싶습니다.
나무라지 마소서.

나의 아가가 앓고 있는
그 병마까지도
나는 사랑하렵니다.

하나님이여 나의 신이여
내 사랑과 더불어
우주의 공간에
머물게 하여 주소서.

나의 아가는
나의 노래입니다.
나의 아가는
나의 기도입니다.
당신이 나에게 주신 선물입니다.

애원하는 가슴에
피가
한 움큼 줄어듭니다.
신이여
나를
떠나지 마옵소서.

나의 기도 · 3

할머니의 물레 소리
할머니의 한숨 소리

물레질 소리에
흐느낌이 같이 돌고

실꾸리 감는 소리에
등잔불도 흔들린다.

아들이 일본에서 사 온
내복 한 벌
내 아들아 내 아들아.

할머니 물레 소리
실꾸리 감는 소리

문풍지 바람도
소리내어 울지 못하고

어디선가 첫닭 울음 소리
봉창이 밝아온다.

나는 세 살 때 어머니가 돌아가셨으므로 초등학교 입학하
기까지는 할머니가 계시는 시골 집에서 자랐다.

그리고 열 살 때 6·25전쟁으로 아버지를 잃었기 때문에
할머니의 사랑을 누구보다도 많이 받으며 자랐었다.

지금 생각하니 며느리도 아들도 잃은 할머니의 가슴은 얼
마나 미어지는 통증이었을까. 나를 껴안고 주무실 때마다
얼마나 기막힌 슬픔이 강물이 되셨을까. 먼 기억 속으로 아
스라이 할머니를 생각하니 물레가 생각났다.

할머니의 물레 소리
피 맺힌
그리움이 돌아가는 소리
영원히
아물 수 없는 혼의 상처
할머니의 물레 소리
한이 돌아가는 소리

집 넘어 통사골에
바닷물 드는 소리
석유 등잔 심지가
타들어가는 소리
한 줄기 바람도
멈추는 소리.

⬆ 사위(윤재호) 딸(인소영) 이정의 돌에

나의 기도 · 4

어느 나그네가 들길을 걸어가다가 흙덩이 한 움큼을 쥐었습니다.

그런데 이상한 일이 생겼습니다.

어디선가 향기로운 냄새가 폴폴 나는 것이었습니다.

자세히 살펴보니 그 냄새는 거무튀튀한 흙덩이 속에서 나오고 있었습니다.

나그네는 너무나 신기하고 궁금하여 흙덩이에게 물어 보았습니다.

"이렇게 아름다운 냄새가 웬일인고."

"네 저는 장미나무 아래에서 장미가 아름다운 꽃을 피울 수 있도록 뿌리 곁에 있었습니다."

"호."

“그래서 저는 장미의 아름다운 향기만 제 몸 속에 간직하기로 하였습니다.”

이것은 어느 날 목사님의 칼럼에서 읽은 스페인의 속담입니다.

나는 이 글을 읽고 많은 감명을 받았습니다. 그리고 내 자신을 돌아다봤습니다.

나는 얼마나 위선덩어리인가.

예수를 믿은 지 50여 년.

예수의 향기는 언제쯤 나에게서 폴폴 전하여질 수 있을까.

보잘것없는 흙덩이도 외롭게 들길을 걷는 나그네에게 장미의 향기를 전달하였는데 나는 무슨 냄새를 풍기고 있는가.

나의 기도 · 5

성경 66권 가운데서 나는 창세기를 가장 좋아한다.

하나님의 명령인 말씀으로 핵심의 계획이 요약되어 있기 때문이다.

빛이 있으라 하시매

궁창의 위는 하늘이라 칭하시고

각기 종류대로 열매 맺는 과목을 내라 하시매

하늘의 궁창에 광명이 있어 주야를 나뉘시고

하나님의 형상대로 남자와 여자를 창조하시고

땅을 정복하게 하사 모든 생물을 다스리게 하시니라.

그렇게 말씀으로 만드시고 하나님은 그때마다

보기에 좋았더라고 하시었다.

이 세상에 태어나서 내가 가장 자랑하고 싶은 일은 교회를 내 스스로 선택한 일이었다.

아버지를 잃고 어린 동생들을 데리고 놀러간 곳이 초라한 교회의 종대 밑이었는데 그곳이 교회인 것도 모르고 동생들을 데리고 클로버가 잔디처럼 깔려 있는 종대 밑에서 시간 가는 줄도 모르고 소꿉놀이를 하며 재미있게 놀았었다.

어느 날 아주 인자한 어른이

"아주 예쁘게 생겼구나. 주일날 꼭 주일학교에 나오너라." 하고 내 머리를 쓰다듬어 주셨는데 그 어른이 목사님이셨다.

그 만남이 누구의 전도도 없이 나 혼자 부끄러워하며 교회에 첫발을 들여놓게 되었다.

"하나님의 말씀은 진리인 줄 알았더니 귀한 생명의 말씀임을."

아무리 다시 뇌어 봐도 가슴이 뜨거워지는 말씀이다.

☝ 학원 선생님들과

나의 기도·6

봄이 오는 소리처럼
성 프란시스코의 기도문이
아름다운 선율로 내 가슴으로
밀고 옵니다.

"주여
나를 당신의 도구로 사용하소서."
그리고
한나가 흐느껴 통곡하며
하나님께 서원하였을 때
주님은
그 기도를 들으시고
자비를 베푸사

한나의 태를 열어 잉태하게 하시어
사무엘을 생산하게 하셨습니다.
자비란 용어는
불교의 용어가 아니라
태가 히브리어로 자비였습니다.

부활주일을
앞둔 종려주간
주님을 믿으니 죄를 사함 받았다는
교만은 버리게 하시고
십자가를 지시고
골고다를 향하다
쓰러졌을 때
구레넷 사람
시몬처럼
주님의 십자가를 저에게도
나뉘어지게 하소서.
그러므로 부활의 영광과
믿음의 면류관을
주님 앞에 드리게 하소서.

믿음은 덕을 세우나니
불의를 기뻐하지 아니하며

진리와 함께 기뻐하고
고린도전서 13장 사랑의 장
사랑이 없음은 시끄러운
꽹과리 소리이니
나를 부활하게 하소서.

모두를
용서하게 하시고 또한
내가 용서 받을 수 있는
믿음의 사람이 되게 하소서.

하찮은 것에
마음 다치지 말게 하시고
하찮은 것에
가엾은 초라함으로
나를 밀어내는 자존심을
떠나게 하시고

오로지 넉넉한 심령으로
모두를 끌어안게 하소서.

그리움

까치 노래 묻어다가
문지방에 얹어 놓고

고샅길 넘어 황톳길
그 너머로 내 귀는
나팔꽃

해도 달도
지고
그믐이
또 한 번
오늘

맛바람만

고샅길에
머물다 간
또 한 번
그믐이
오늘

까치 울음 묻어다가
선반 위에 올려 놓고

그믐이 또
한 번 오늘

가슴에 길을 내고
바람만 머물다 가네.

오산리 기도원 · 1

오산리 기도원
눈 쌓인 시골길

춥고 떨리고
이렇게 먼 길

가난한 자 병든 자
에덴동산에서
쫓겨난
이브의 후예들.

당신도
나도

그러나
오산리 기도원은
하늘을 떠다
가슴에 심고

두 손을 높이 높이
할렐루야 할렐루야

존귀하신
당신의 이름으로

하늘을 떠 담아
가슴에 심고

두 손을
높이 높이

할렐루야 할렐루야

오산리 기도원 · 2

밤새
빈 그물
오른쪽으로 던지렴
수십 년의 어부의 경험
그러나
순종했던 베드로
그물에 고기가 가득

예수가 잡혀 있는
뜰에서
너도 한 당이지?
무슨 소리요

나는 예수란 자
모르는 사람이요

두 번 부인하니
꼬끼요 꼬끼요 꼬끼요
닭 울음 세 번

그때야 비로소
깨달은 베드로
통곡했던 베드로
가장 인간적이었던 베드로

로마의 박해에
또다시
못 견디는 베드로
잠시 피신해 볼까?

도망가는 길목에서
예수를 만나는 베드로
주여
어디로 가시나이까

주여
어디로 가시나이까
네가 버린 로마로
주여

제가 가겠나이다.

돌아온 베드로
그리고 순교
어찌
나 같은 죄인이

십자가에 바로
달릴 수 있나

거꾸로 매달려
순교한 베드로
주여
큰 죄인 여기 있나이다.

거짓말도
핑계도
그리고
순종함도

우리와 똑 닮은 인간
베드로

오산리 기도원
빈 그물
오른쪽으로 던지렴
아멘.

4_ 시아버님

⬆ 시아버님과 함께(사무실에서)

시아버님

“쓰레기통에 버려라.”

“…….”

“먹은 거나 진배 없다.”

“에미야 이왕 사 왔으니 부엌에다 갖다 둬라.”

“할망구가 옆에 앉아서 쓸데없는 소리하고 있네.”

“아버님.”

“빚진 사람이 이런 고기 먹으면서는 절대로 남의 빚은 못 갚는 법이다.”

눈물이 뚝뚝 떨어진다.

학원에서 신입생 한 명을 접수하고 소고기 한 근과 소주 한 병, 그리고 담배 두 갑을 사들고 서둘러 집에 왔는데 아버님께서 이렇게 조용히 뼈가 아프게 나무라시는 것이다.

아버님은 평생을 철도 공무원으로 청렴하게 정년퇴직을 하시었다. 새벽이면 일찍 일어나시어 동네 골목길을 큰 길까지 쓸어 놓으시고 집안 구석 구석을 손 보시며 고치는 것이 유일한 낙이셨다.

이북 황해도가 고향인 아버님은 직장 따라 강원도에 계시다가 삼팔선이 가로막히는 바람에 부모 형제와 생이별을 하시고 가족이라면 끔찍이도 아끼고 사랑하셨으며 큰 며느리인 나를 여간 아껴 주시었다.

그이가 직장에 다니고 내가 부업으로 학원 인가를 받을 때도 아버님은 적게 먹고 살자며 극구 반대를 하시었다. 나름대로의 잘살아 보고 싶은 젊은 날의 나의 꿈 앞에 부모님의 말씀은 내 귀에 들어올 리 없었다.

아버님은 무슨 의논을 하거나 나무라는 말씀을 하실 때는 꼭 우리 내외를 불러서 말씀을 하시는데 시간은 약 한 시간 정도이고 우리는 무릎을 꿇고 앉아서 들어야 하기 때문에 여간 곤혹스러운 시간이 아니었다.

시동생들은 안방으로 들어가는 나에게

"형수님 국정연설을 또 들으셔야겠습니다." 하면서 킥킥 웃기까지 하는 것이었다.

고향을 떠나온 친구들은 서로 의지하고자 친목계를 시작한 것이 돈 모으는 계로 발전하게 되었고 오천 원으로 시작한 계는 10여 년 동안에 오백만 원까지 발전하게 되었다.

책임자(계 오야)는 그 당시 24개월로 2년 동안 계를 책임짐과 동시에 끝번의 반 그러니까 오백만 원짜리일 경우 250만원을 수고란 대가로 받는 것이다.

계원인 경우 곗돈은 받았으나 필요가 없으면 책임자가 모든 책임을 지고 놀려 주는 것이었다.

타향살이 십여 년의 세월 동안 계를 통하여 몫돈을 만들어서 친구들은 남편의 사업에 보태기도 하고 택시업을 하는 친구는 택시회사의 사장이 되기도 하였으며 또 한 친구는 편물공장을 크게 운영하기도 하였다.

나도 전세를 끼고 은행 융자를 얻었지만 집을 마련하기도 하였다. 친구들은 서로를 의지하였으며 곗날은 시간조차 어기지 않는 희망의 날이기도 하였다.

나는 운영자로서 그 중에서도 내 친정 올케에게는 가장 좋은 번호를 주어 일찍 타게 하였고 또 일찍 타면 비싼 이자로 놀려주어 이자로 곗돈이 충당되게 하기도 했었다.

오백만 원짜리의 큰 계를 짜는 데는 인원이 더 필요하였다. 고향 친구가 아닌 주변에서 추천을 하여 사람을 들인 것이 화근이 되었다.

계는 중반에 들어서면서 문제가 생기기 시작하였다. 빌려간 이자는 물론 곗돈조차 차일피일 늦어지는 것이었다.

그 중 두 사람이 건설업을 하는데 자금이 부족하다는 것이다. 며칠 후에 돈이 나오면 밀린 돈을 한꺼번에 해결할 테니 좀 더 얻어달라는 것이었다.

빌려준 돈을 받기 위해서 또 계를 진행하기 위해서 여기서 저기서 돈을 얻어다 주고 한 달 그리고 또 한 달 모든 돈이 그 사람에게 들어가고 있었다.

이때가 1985년이었다. 얻어준 빚을 계산해 보니 3,650만 원이었다.(2005년 화폐 가치로 약 2억 정도)

우리 집의 생활은 가정부에 파출부로 줄이고 급기야는 파출부까지 부르지 못하고 아팠던 허리의 통증은 다시 시작되었으며 생활은 엉망으로 꼬여 들었다.

날마다 그들의 집으로 돈을 받으러 찾아 가지만 그들은 밤 12시가 지나도 나타나지 않았다. 그러는 사이 또 한 달 또 곗날.

사춘기 때도 여드름 하나 없었던 내 얼굴은 어느 사이 새까맣게 기미로 덮이고 불면증까지 생기는 고통스러운 나날이 계속되고 집안 살림살이도 학원 운영도 뒤죽박죽이었다.

아침의 이부자리가 그대로 깔아져 있으니 밥이며 반찬이 있을리 없고 와이셔츠조차 세탁할 시간이 없었다.

드디어 남편이 폭발하기에 이르렀다.

"도대체 당신의 수입이 얼마인지 모르지만 아무리 대한

민국 물가가 비싸다고 두 사람이 버는 집안이 왜 이렇게 엉
망인가."

"……"

"밤마다 어디를 다녀서 아이가 혼자 집에서 굶고 있는
가."

"……"

대관절 무슨 일이 생겼느냐고 다그치는 것이었다.

남편을 속일 생각은 없었다. 돈이 너무나 큰 돈이었기에
받은 후에 전후 사정을 이야기하려고 했었다. 빚을 줄여서
말을 했다. 남편은 뒤로 나자빠지는 듯 놀라는 것이었다.

"뭐라고 빚이 천만 원이나 된다고?"

"……"

"없으면 부족한데로 살아야지 학원을 하겠다고 날뛰더니
무슨 허영이고 허욕이지?"

"……"

"사람이 분수를 알아야지."

"……"

"어디서 못된 것만 알아가지고."

참으로 남편에게 처음 들어보는 모욕이었다. 아버님은 더
말할 것도 없었다. 우리 집은 발칵 뒤집힌 것이었다.

"우리 집은 이제 큰일이 났구나."

⬆ 왼쪽으로부터 시아버지, 시어머니, 남편, 저자

“…….”

“뭣이라고? 빚이 천만 원이나 된다고?”

“…….”

“너 철이 있는 아이냐 없는 아이냐.”

“…….”

나는 쨱소리도 못하고 울면서 집안 식구들의 걱정을 들어야 했다. 좀 더 풍요롭고 싶어 부모님의 반대를 무릅쓰고 학원인가를 받았고 또 저금해 둔 돈을 모아서 은행융자를 안고 무리를 하여 학원 부근에 집을 하나 마련하기까지 했는데 어쩌면 좋은가.

나의 계획은 계가 무사히 끝나야 하는데 빚은 산더미처럼 불어나고 있으니 어찌해야 좋을지 암담하였다.

나의 알뜰한 계획은 500만 원이라는 숫자 앞에 눈이 가려 사람을 신중히 선별하지 못한 데서 비롯된 것이었다.

그들은 나에게서 돈을 더 얻어낼 수 없게 되자 불어나는 빚에 아예 외면을 하면서 피해 다니고 있었다. 남의 돈을 갚지 않으려는 비정한 양심이 든 것이었다.

한 사람의 그릇된 양심 앞에 여러 계원들의 꿈이 바람 앞에 촛불같이 흔들리고 있었다.

저마다의 꿈을 위해 시간조차 늦지 않게 열심히 곗돈을 넣은 선량한 친구와 여러 계원들을 위해 나는 책임자로서

최선의 노력을 하고자 하였으나 한 달이 어쩌면 그렇게 빠르게 지나가는지 겹으로 늘어난 달라 빚의 이자는 놀랍게 불어나 도저히 감당할 수가 없었다.

내 얼굴은 나도 모른 사이 까맣게 기미로 덮였고 대변을 일 주일에 한 번 정도로 염소 똥같이 새까맣게 타서 손가락으로 후벼 파기까지 화장실 가기가 두려웠다.

그렇게 암담해 있을 때 내 소식을 듣고 친구 정희와 금순이가 찾아왔다. 법으로 하라는 것이다. 확실한 증거가 있으니까 늦어도 두 달이면 받을 수 있다는 것이다. 함께 계를 했던 친구들은 너무나 내 피해가 큼으로 보증을 서 주겠다고 하였다.

나는 이제 살 길이 생긴 것이었다.
왜 그것을 진작에 생각을 못했을꼬.
두 달이면 돈을 받을 수 있다니.
나는 희망을 가지게 되었다.

남편과 아버님에게는 천만 원의 빚이라고 했을 때 뒤로 나자빠지는 듯 놀라셨다.

"너 큰일날 아이로구나." 하신 아버님.

"없으면 없는 데로 살아야지. 무슨 허욕이며 허영이냐고.

분수를 알아야지. 어디서 못된 것만 알아 가지고.” 하면서 사람 취급도 아닌 눈빛으로 나를 쏘아보던 남편.

내가 고소하겠다니 우리 집은 다시 한번 소용돌이가 되었다. 우리 부부는 또 아버님 앞에 불려 나갔다.

“고소라니? 고소가 그렇게 쉬운 것인 줄 아느냐?”

“…….”

“어쩌다가 이 지경까지 왔느냐.”

“…….”

“고소를 하면 집안 망한다.”

아버님도 그이도 펄펄 뛰어서 고소는 접기로 하였다.

나는 날마다 학원 이웃에서 살고 있는 친정집을 찾아가서 경과보고 겸 올케와 어머니에게 말을 하고 나면 가슴이 조금은 안정이 되는 듯하였다.

대충 이런 말이었다. 집을 팔고 학원을 팔아도 빚 정리는 어렵겠다고. 동생네도 앞서 말한 것처럼 좋은 번호를 주어 곗돈을 타서 나에게 맡겼으므로 이자가 매달 지출되어 곗돈에 보탬이 되고 있었다. 그 돈이 천만 원이었다.

이렇게 어려운 상황에 마침 친정 동생네는 잠실에 새로 지은 집을 계약하였으므로 나에게 이자놀이 했던 원금을 달라는 것이었다. 누구나 계를 할 때는 이렇게 몫돈을 쓰고자 허리띠를 졸라 매면서 곗돈에 희망을 새겨 넣는 것이 아닌가.

동생네가 봉천동 좋은 집으로 이사를 왔을 때 나는 석유 곤로를 사용하면서 동생네에게 가스렌지를 선물했었다.

지금은 더 좋은 집으로 이사를 가니 더 좋은 선물을 해 주어야 하는데 누나의 꼴이 말이 아닌 것이다.

현실은 암담했으나 나는 최선으로 노력했다.

딸아이의 백일과 돌에 들어온 반지며 내 패물이며 오디오까지 팔아서 천만 원은 마련했으나 밀린 이자 160만 원이 부족했었다. 그리고 어느 날 160만 원의 이자는 나중에 갚겠다며 힘든 내 형편을 호소한 때가 있었다.

여기서 나는 순리라는 것을 알았다. 어머니랑 올케는 내 사정을 들을 때마가 큰일이 난 것이었다.

그 돈 160만 원을 받아야 새 집에 어울리게 커튼도 맞추어야 하고 식탁도 사야 하는데 형님 집이랑 학원을 다 팔아도 빚을 다 청산을 못한다니 남들이 가져가기 전에 피아노라도 가지고 와야 되지 않겠느냐고.

참으로 기가 막히게 슬픈 이야기였다.

아무리 세상이 뒤죽박죽이라고 이럴 수가 있을까?

어머니와 올케는 나에게 등을 돌리고 있었다.

어머니는 의리조차도 없었다. 아침 저녁으로 찾아와서 돈 달라는 독촉이었다.

며느리에게 눈치가 보여 못 살겠다며 피아노라도 가지고 오겠다는데 그러면 되겠느냐는 것이다. 오늘도 돈 때문에 싸웠다는 것이다. 옛말에 자식을 열 손가락으로 비유해 어떤 손가락을 깨물어도 아프듯이 자식의 일은 아프다는 말이 있다.

그러나 어머니의 손가락에는 나는 없었다.

서울에 이사를 오셨을 때

"우리 큰딸이라우." 그러시지 않았던가.

아들이 첫째요, 내가 둘째는 되리라 했었다.

큰언니랑 어머니가 싸우고 나면 그 불똥은 언제나 나에게 떨어지기 마련이었다. 그러면 동생들은 가까이 가까이 어느새 나에게로 옹기종기 모여 들었었다. 동생들은 틈 하나 없는 듯하였으나 어머니의 욕설은 때로는

"저 웬수년들."하고 언니와 나만을 겨냥하는 때도 있었다.

언니 때문에 죄없는 내가 어머니에게 욕을 먹으니까

"우리 큰딸이라우." 하셨을 때

나도 어머니의 큰딸이고 싶을 때가 있었는데 어머니도 어쩌면 나랑 똑같은 마음이었을까. 그날 나는 어머니에게 감사하였다. 누가 가르쳤는지 조카들도 '큰고모' 하고 부르는 것이었다. 그러나 내가 이렇게 어려워지자 어머니에게는 나

의 존재 손가락은 자체도 없었다.

누구보다도 나의 힘이 되어줄 친정에서 이렇게 배신을 당할 줄은 꿈에도 상상을 못했던 일이었다.

"그래 고소를 하자. 그래서 내 돈을 받자."

접었던 고소를 하기로 결심하였다.

두 달이면 받는다는데 이 배신의 고통에서 벗어나자.

동생네는 이제 개구리가 되었다. 개구리는 올챙이 때를 기억할 수가 없는 것이다. 개구리는 아주 조그마한 동물 종류이니까. 동생네는 개구리가 되어 잠실로 폴– 짝 뛰어갔다.

아– 듀. 부디 안녕. 어머니 잘 가세요.

나는 집으로 돌아와 소처럼 슬프게 슬프게 울었다.

남편은 그랬다. 어머니가 하신 일은 순리라고 왜 그것을 모르느냐고. 내가 열 살 때 작은 집에서 순경이 총을 거꾸로 잡고 개머리판으로 어머니를 후려쳤을 때 어머니는 죽음 같은 비명을 지르고 나뒹굴 때 나는 달려가 어머니 위로 엎어지며 감싸지 않았던가.

그 후 수십 년.

그렇게 나는 어머니를 위해서 밑에서 또 옆에서 물질이면 물질로 돕고 몸으로 도울 일이면 몸으로 때우면서 살아오지 않았던가.

왜 어머니가 나에게 줄 순리는 없는 것일까.

동생들은 내 동생들인데 왜 내가 어려워지자 이렇게 끈 떨어진 연이 되는 것일까. 한 올 한 올 바늘로 내 살 한 점씩 뜯어 옷을 지음같이 견딜 수 없게 아파왔다.

40여년 만에 처음으로 동생들과 같이 큰엄마라고 불렀던 생모의 빛 바랜 사진 한 장을 사진첩 속에서 찾아들었다.

사진 속의 고운 자태의 인자한 모습은 나를 보고 있었다.

처음으로 엄마를 불러보았다.

"엄마 엄마 나 좀 도와줘 나 좀 살려줘."

다시 소처럼 울었다. 소가 나처럼 울었을까. 다시 남편은 나더러 그만 울라고 하였다. 어머니가 하신 행동은 순리고 진리라고.

20여년 전 혼인신고를 하려고 호적초본을 떼어온 남편은 몹시도 당황해하며

"아니 당신 호적이 어떻게 된 거야?"

"……."

"당신 호적에 엄마 이름이 다르잖아?"

"……."

"당신 어머니가 한말례라니 도대체 어떻게 된 것이요?"

"……."

"그러면 박길심 어머니가 생모가 아니라는 말이요?'

"……."

남편은 기가 막혀 죽겠노라고 이럴 수가 없다고 하면서 어이없어 하는 것이었다. 19살의 꽃다운 나이에 후처로 시집을 오시어 이날까지 고생하고 계시는 어머니에게 내가 시집을 가게 되었다고 어찌 계모라는 말을 해야 옳은가.

나도 동생들과 같이 그 어른을 큰엄마라고 부르지 않았던가. 그 어른의 제삿날은 어머니는 부엌에서 목욕을 하시고 그 어려운 시절에도 절구통에 쌀 한 줌을 빻아 시루떡을 만들고 정성으로 제사를 모시고 했었다.

어머니의 심기를 헤아려 나는 그 어른의 제삿날은 무관심으로 일관하면 동생들이 더 열심히 내 몫까지 준비하고 있었다. 지금까지 단 한번도 친정의 신세를 져 본 일은 없었다.

물질의 피해라면 이것이 처음인데 자식간의 일이 아니라도 의리라도 있어야 옳은 일이 아닌가. 소개 받은 변호사를 정희랑 찾아가서 상담을 하니 100% 받는다고 하였다. 자신을 갖게 되었다.

복덕방에 방을 내놓았다. 방은 금세 나갔다. 전세금 천만 원을 받아서 우선 변호사에게 이백만 원 그리고 공탁금으로 사백만 원을 걸었다. 그리고 친정에 이백만 원을 갚고 나니 전세금 받은 것이 거의 없어졌다.

우리 가족은 한 평쯤 되는 부엌방에서 다 성장한 딸과 같이 지내기로 하였다. 이것도 두어 달만 참자고 하였다. 변호사님도 돈을 받는다고 하지 않았는가.

그러나 두어 달은 몇 달이 되어 흘러갔으며 초조하기란 피가 줄어드는 것 같았다. 재판날은 그이와 시아버님과 막내 동서까지 법원에 나와서 밥도 사 주시며 용기를 주시는 것이었다.

안성에 사는 친구도 봉천동에 사는 친구도 보증까지 서 주며 격려를 아끼지 않았으나 그들은 벌써 법적이혼을 하였으며 교묘하게 이 핑계 저 핑계로 재판날은 연기되고 날짜가 지나면 변호사에게 또 돈을 갖다 줘야 되고 학원 운영은 엉망이었다. 이제 전세금으로 받은 천만 원도 다 없어졌다.

형편없이 몸이 마르고 눈만 휑한 나에게 아버님이 또 위로해 주시며 타이르시는 것이었다.

"에미야 포기하자. 그 사람들을 보니까 돈 갚을 사람들이 아니더구나."

"……."

"갚을 길을 찾아보자."

"아버님."

나는 아버님 앞에 엎드리고 울면서 6·25의 총살이 일어나던 고향의 모깃불을 태우던 넓은 마당을 떠올려 보았다.

총을 든 사람들이 몰려오고 우리는 얼른 마루 밑으로 숨었는데 다짜고짜 총을 든 사람이 동네 남자 어른을

“야, 이 새끼야.” 하면서 총을 쏴대는 것이었다.

그 남자 어른은 퍽 하고 쓰러지더니 몸부림을 치면서 타다 남은 뜨거운 모깃불 잿더미 속으로 들어가는 것이었다.

어린 날의 그 공포는 나만이 가지고 있는 공포였는데 성인이 되어서도 군인이나 순경을 보면 무서워서 경찰서 앞은 물론 파출소 앞도 지나가지를 못했다.

또 아버지가 총살로 돌아가시기까지 우리는 헤아릴 수 없이 가택수색을 당했으며 경찰은 구둣발로 시도때도없이 안방이며 부엌까지 휘젓고 다니는 것이었다.

학원인가를 받을 때도 경찰서에서 신원조회를 한다고 출석하라는 통보를 받고도 나는 무서운 공포증으로 끝내 경찰서를 가지 못하고 형사가 우리 집을 방문해서 신원조회를 받았었다.

그 공포증을 까마득히 잊어버리고 오직 억울한 마음에 보증선 돈이라도 받아야 되겠기에 고소를 했으나 막상 법원을 오고 갈 때마다 가슴은 천정 닿게 뛰고 숨이 막힐 것 같아 우황청심환을 먹어도 가슴은 조금도 진정되지가 않았었다.

나는 기다리기라도 한 것처럼 아버님 말씀에 깨끗이 포기하기로 하였다. 그렇게 결정을 하고 나니 차라리 홀가분하였다.

“그래 집을 팔자.”

그리고 복덕방을 찾아가서 내 전후사정을 이야기하고 빨리 팔아 주면 복비는 후하게 드리겠노라고 하였다.

그러나 정직하게 내 사정을 말했던 것이 큰 약점이 되어 본격적인 복덕방의 농간이 시작되고 있었다.

헐값에 흥정해 놓고 계약서를 쓰려고 하면 돈을 앞에 쌓아 놓고 금세 오백만 원을 또 깎는 것이었다. 그러기를 몇 번, 급기야는 집을 팔아도 빚이 해결되지 않는 상황까지 갔으며 내 가슴은 숯같이 까맣게 타들어가고 있었다.

그때 목사님의 전화 한 통화.

"집사님 집은 좀 더 생각해 보고 파는 것이 좋을 것 같습니다."

"……."

"선거가 끝나면 집값이 오른다는 말이 있습니다."

"……."

나는 남편과 목사님의 말씀을 의논하고 집을 파는 것은 보류하기로 하였다. 복덕방에서 전화가 왔다.

"오늘은 계약을 합시다."

"우리 집 어른께서 집을 팔지 말래요."

"아니 왜요? 더 깎지 않을 거요."

"우리 집 양반이 팔지 않는답니다."

나는 알 수 없는 기운이 가슴에서 솟아오르고 있었다.

추이: 견딜 수 없었던 나의 고통을 목사님은 그러셨다. 세상의 고통 중에 물질의 고통은 가장 작은 것이라고. 그렇지! 물질은 더 노력하면 얻을 수도 있지만 인간사의 엉킨 문제를 사랑이 아닌 물질로 타산하는 이기주의가 더 슬픈 일이다.

아이러니하게도 동생은 우리 집에서 기거를 하다가 서울로 어머니를 모셔올 때 8평짜리 2층 집은 내가 마련해 준 내 집이었다.

그 작은 집이 이렇게 몇 번의 이사를 거듭 잠실의 큰 집으로 옮겨가게 된 것이다. 이런 고통을 좀더 승화시켜 보고자 기도하는 마음으로 성경을 기록하기 시작하였다. 성경 신구약 66권을 만년필로 기록하는데 잉크가 두 병반이 들었으며 대학노트 17권이 사용되었다.

고통을 견디고자 성경을 기록했던 것이 나의 일생에서 가장 값진 재산목록 1호가 되었다. 재판을 포기하고 어느 누구에게도 피해를 주지 않고 계를 끝내고 나니 빚은 참으로 눈덩이처럼 불어났다. 1987년 당시 1억에 가까운 숫자였다.

우리 부부는 남편의 월급과 학원의 수입을 빚을 갚는다기보다는 이자를 하루도 늦추지 않는다는데 최선으로 노력하였으며 빚을 완전히 청산하기까지는 10여 년의 강산이 변한다는 세월이 걸렸다.

복덕방의 농간으로 팔지 않았던 집은 근린상가로 용도변경을 하여 이 동네에서 30여 년의 학원 운영을 하고 있으며 IMF 전후하여 가정이 어려워 유치원을 못 가는 어린이들을 모아서 무료로 따슨 점심을 지어 먹이며 무료로 운영하기도 하였다.

사랑하며 고통을 함께 나누어 주었던 우리 가족 시부모님과 딸과 그이와 시동생들에게 진심으로 감사를 드린다. 빚을 갚기까지 아버님 말씀처럼 나는 고기를 사지 않았으며 시동생들이 번갈아 가며 냉장고 가득히 채워 주시곤 했었다. 견딜만한 고통을 허락해 주시고 믿음의 길에서 탈선하지 아니하도록 여기까지 인도해 주신 하나님께 감사를 드린다.

5_ 소인 없는 편지

봄에 띄우는 편지 · 1

혜란아!

TV에서 오늘의 더위는 80년만의 처음 있는 더위라고 하는구나. 밤이면 열대야로 잠을 설치게 하여 몸도 머리도 무거워 짜증만 나던 어느 날.

인숙이가 다 죽게 되어 광주 전남대학병원 응급실에 있다는 소식을 듣고 우리는 영등포역에서 만나 밤 12시 5분전 호남선 기차를 타고 서로의 추억들을 생각하며 눈이 붓도록 울었었지.

인숙이는 6·25전쟁 이후 살아남은 형제 중 넷째이고 세 살 때 6·25가 났으므로 아버지 얼굴은커녕 어머니의 손길조차 닿지 않아 내가 키워 온 동생이 아니니?

다섯 살 때까지 종아리에서 허벅지까지 살 한 점 없이 비비꼬였던 것을 너는 모르겠지. 너는 아가였으니까.

어머니는 시골에 계시므로 가사일과 동생들을 키우는 것은 당연히 내가 할 수밖에 없었단다.

우리의 형편은 왜 이 아이가 물똥을 싸는지 어디가 아픈지조차 알려고 하지 않았으며 우리는 약도 몰랐으며 병원도 먼 나라 이야기였단다.

조물주가 우리를 만들어 주었을 때 육체가 가지고 있는 자연적인 치유가 90%라는 과학적인 상식이 있는 것은 더더구나 아니었단다.

보기가 딱하여 동네사람 누군가가

"이 아래 한약방이 용하다고 하든디 한 번 보여 주면 좋겠어라우."

"저 명줄이 있으면 살 것지라우."

어머니의 대답은 언제나 명줄에 의지하고 있었으며 안타까워하는 내색도 없었으나 어느 날 동생이 싸 놓은 물똥을 치우고 엉덩이를 닦아 주면서

"인숙아 차라리 죽을래?"

하고 땅이 꺼지는 한숨을 쉬더구나.

물도 귀하고 종이도 귀하던 시절이라 우리는 인숙이의 똥냄새에 차라리 익숙해져 버렸었지.

조물주의 자연적인 치유였을까. 아니면 어머니의 말씀처

럼 명줄이었을까. 어쨌든 동생은 살아났고 학교도 다녔으며 꼭 필요한 존재로 어머니를 도왔으며 옳고 그름이 명백하고 똑똑한 아이였다.

어머니가 돌아가신 후 인숙이는 내 고향이 되어주었구나. 제랑이 바다에서 따오는 미역이며 다시마를 보내오고 해풍을 맞으며 자라는 쑥을 보내주어 해마다 쑥찜질을 하여 아픈 허리도 가벼워졌고 굴이며 홍어며 참깨며 콩이며 팥이며 헤아릴 수도 없이 헌신적으로 저 입에 넣는 것까지라도 형제를 위하는 길은 일맥상통하더구나.

네 오빠의 대학과 너의 고등학교에 밀려 배우고 싶은 공부도 양보하였고 가난한 시골 촌부에게 시집을 가지 않았니?

이런 아이가 목포의 큰 병원에서 고칠 수 없다 하여 제랑이 광주 전남대학병원의 응급실에 데려 왔다는 소식이었다.

"혜란아 인숙이는 절대로 죽지 않을 거야. 명줄이 길거든."

"언니 정말 그럴 거야."

우리는 몇 번이고 같은 말을 되풀이하며 스스로 마음을 달래곤 하였다. 초라하기 그지없이 뼈만 앙상한 채 동생은 응급실에 누워 있었고 간신이 우리를 알아보는 것이었다.

담당 의사를 만나 설명을 들어보니 동생의 병명은 담석이었고 수술을 하면 생명은 건질 수 있으나 폐활량이 너무나 약하여 수술할 수가 없다고 하였다. 그리고 폐 한쪽이 공동과 함께 물이 고여 있다고 하였다.

병원에서는 퇴원하라고 하였지. 그렇다고 이대로 죽는 것을 바라보고만 있을 수는 없었다.

“…….”

모두들 선뜻 대답을 망설였다.

“서울 가면 살 수 있어.”

“…….”

인숙이는 한사코 우겼었지. 가다가 죽으면 어떡하냐고.

“언니 생각해 보니 많이 살았네. 내 걱정은 그만 하소.”

생명을 포기하는 동생을 뒤로 우리는 다시 서울로 향하였다. 무식하면 용감하다는 격으로 나는 무조건 예약의 절차도 없이 담석으로 유명한 용산에 있는 중대부속병원으로 달려 갔었다.

6층에 있는 투석실로 올라가서 생면부지의 의사선생님을 붙들고 우선 단층촬영의 X-레이 여섯 장과 병원 기록을 꺼내보였다.

어리둥절하고 당황하던 의사도 어처구니없는 나의 무지 앞에 현광판에 X-레이를 비춰 보더니 자리에 앉게 하고 심각한 병세를 나에게 설명하는 것이었다.

콩팥이 염증으로 덮여 있으며 콩팥의 주위까지 염증은 퍼져 있으며 돌은 레이저로는 깰 수 없는 곳에 꽉 박혀 있다는 것이었다.

박사님은 어디로 급히 전화를 하시고 또 간호사를 부르더니 입원절차를 끝내 주시며 당장 환자를 데리고 오라는 것이었다.

수술 외에는 어떤 방법도 없다고 하였다.

환자가 서울에 있는 줄 알고 말이다.

환자의 주민등록 번호를 알아야 입원 수속이 가능했고 또 환자가 급히 서울로 상경을 해야 하였으므로 목포로 시외전화를 걸어 자초지종을 설명하였더니 인숙이는 일언지하에 거절을 하더구나.

별 따기만큼 어려운 병실을 마련해 두었는데 어찌 이렇게 쉽게 거절을 하다니?

나는 쓴 한숨을 삼키고 허기를 느끼며 병원에서 그대로 한강다리를 걸었구나. 8월의 강바람이 내 눈물을 훔쳐주고 나는 잠시 난간에 기대서서 삶과 죽음을 생각해 보았다.

인숙이는 늘 이렇게 나를 울리고 기막히게 했었다. 거슬러 올라가 보면 그 아이가 결핵을 앓았을 때는 언니 시대하고는 달라서 약도 발전을 거듭하여 완치할 수 있는 병이었지 결코 죽음으로 통하는 병은 아니었다.

그러나 무지하여 좋은 시기를 놓쳐버리고 평생 결핵을 안고 살고 있지 않니? 그때도 의사의 말도 나의 간곡한 부탁도 외면해 버리고 말았단다.

몸이 가볍고 우선하면 약을 먹지 않았고 약은 시효가 지났으므로 쓰레기통에 버렸으며 병은 내성이 생겨 일차약으로는 치료할 수 없는 지경에 이르렀었다. 일차약과 이차약 값의 차이는 하늘과 땅 차이처럼 엄청나게 비싼 차이가 있었단다.

나는 약값을 집으로 부치지 아니하고 병원으로 부치기로 의사선생님과 의논을 하였구나.

인숙이는 집안 형편이 어려우면 소중한 약값을 가사에 보태버리기 때문이었다. 그런데 그것조차도 약속을 지키지 않은 것이었다. 그만큼 약을 먹었으면 괜찮다는 것이었다.

간호사가 약을 가지고 집을 방문하기도 하였단다. 나중에 의사선생님은 나에게 편지 한 통을 보내 왔었지.

동생은 죽고 싶은 모양입니다. 약을 타러 오지 않습니다. 간호사가 약을 갖다 주었는데도 그 비싼 약도 잘 먹지 않아 많이 나빠졌습니다. 그러니 병원으로 돈을 보낼 필요가 없다는 내용의 편지였다. 나는 지금도 선생님의 편지를 보관하고 있단다.

여성숙 의사선생님은 큰언니의 병을 치료해 주신 우리 나라 최초의 결핵퇴치 공로자의 의사로서 국가에서 훈장을 받으신 선생님이시다.

인숙이는 의지도 자존심도 무척 강했으며 또한 고집도 아집까지도 엄마를 가장 많이 닮고 있었다.

한 번도 어렵다는 말을 해본 일이 없으며 소신껏 자기 생활에 충실했으며 병으로 몸이 망가지기까지 인내로 견디는 것이었다.

이번에는 이유가 분명하였다. 병원에서 손을 놓았는데 서울에 간들 무슨 소용이 있으며 언니만 고생을 시킨다는 것이었다. 벌써 죽었을 사람이라는 것이다.

"하나님을 의지해 봐라. 하나님은 너를 꼭 살려주실 거야."

나는 내 생활 모두를 하나님을 의지하고 있었으므로 동생에게 권해 보았으나 아이의 마음은 움직이지 않았었다.

엄마가 욕설이라도 퍼붓는 날은 숨소리도 죽이고 내 곁에서 벗이 되어 준 아이였다. 더운 날이 강바람에 외로운 가슴은 시려오는데 세 명의 동생들을 떠올려 보았다.

남동생은 딸부잣집에서 얻은 아들이니 귀하고 인숙이와 너는 엄마가 먹거리를 구하러 시골로 떠나시기 때문에 세 살 때부터 내가 키워서 귀하고 아빠 얼굴도 모르니 안쓰러워 귀하고 누구 하나 버릴 동생은 없더구나.

죽음을 묻는 사람에게 공자는 이렇게 말을 했단다.

삶이 무엇인지 모르는데 어찌 죽음을 알겠느냐고. 그러나 우리는 삶의 굴레에서 죽음은 접어두고 나에게는 없을 것처럼 날마다 바쁘게 살고 있는 것이다.

적어도 지천명의 나이가 되기까지는 많은 사람들이 그렇게 살고 있는 것이다. 한강다리 밑의 강물은 검게 흘러가고 있었다. 차들은 무엇이 그렇게 바쁜지 달려가고 달려오고 서울에서 수십 년을 살았어도 한강다리를 걸어보기는 처음이었단다.

죽음

먼 인생의 길을 행복만 찾아
헤매다가 결국은 죽음을 만나는가.

팔월의 더운 날
가슴이 아리게 나는 외로워
한강의 난간에서 죽음을 생각해 본다.
내가 보아온 죽음은 한 번 가면 오지 않는 것

육체는 썩어도 영혼은 살아 있다니
종교는 영원한 삶의 성취인가

기어코 동생을 입원시키는데 성공하였다. 다시 정밀검사를 하였으나 수술은 불가능하였다. 그러나 동생은 서울의 큰 병원의 시설과 의료진에 어리둥절하면서도 살 수 있다는 희망을 가지게 되었다.

환자의 살고 싶은 의지와 박사님의 최선의 치료는 기적을 우리에게 안겨준 것이었다. 동생이 입원해 있는 병실은 우리 오형제가 만나는 만남의 장소가 되어 주기도 하였다.

동생은 20여일만에 완치는 아니더라도 살아서 제발로 걸어서 고향으로 돌아가게 되었다.

우리 형제들은 어려운 일을 만나면 똘똘 뭉쳐 하나가 되는 원동력이 있었다. 서로가 주머니를 털어 돈을 만들어 동생이 걱정없이 치료할 수 있도록 통장도 만들어 주었다. 후일에 내가 동생집을 방문했을 때 동생의 시어머니는 맨발로 뛰어나와 나를 맞으며

"아이고 사돈, 우리 며느리 살려주어서 정말로 고맙소잉." 하시었다.

그 이후 동생의 건강은 가사를 도울 만큼 좋아졌으며 그와 더불어 꿈도 가지게 되었으며 동생은 집도 이층집으로 크게 증축하였고 두 딸을 대학까지 보냈으며 큰딸은 출가시키어 손녀도 보았으며 지금도 동생은 내 고향인 것이다. 나

는 시내를 나가려면 중대병원 앞을 지나가는데 버스의 창
밖으로 보이는 병원을 향하여 고개를 숙여 인사를 한다.

"감사합니다. 감사합니다." 하고

그리고 잊을 수 없는 일은 "언니 성경책을 사서 보내 줘."
하고 나를 기쁘게도 했다. 40여년의 긴 전도가 결실을 맺은
것이다.

동생은 체험을 통해서 스스로 기도하기에 이르렀고 가족
들이 모두 예수를 믿어 거듭 태어났으므로 나는 하나님에게
감사를 드린다.

봄에 띄우는 편지 · 2

혜란아!

어제는 소금을 씻어 볶다가 짠 냄새가 서리어 창문 한쪽을 열었더니 며칠 전만 해도 앞집의 목련나무는 뼈처럼 앙상했었는데 벌써 가지마다 꽃망울이 맺혀 있는 것을 발견하였구나.

사방에서(라디오, 신문, TV) 봄이 오고 있다고 그리고 봄이 왔다고 봄이 오는 소식을 전하는데 사방이 콘크리트로 둘러싸여 있는 도심에 사는 우리들은 TV 화면에서 보여 주는 물 소리 꽃 소식으로 실감이 없는 봄을 맞이하고 했었지.

봄은 아직도 먼 곳에 있는 것 같았는데 한쪽의 창문 사이로 보이는 목련의 꽃망울을 보고 내 가슴에서도 봄이 오는 소리가 쿵쾅 전해지는 듯했단다.

대지는 꽁꽁 얼어 있어도
꽃샘바람이 불어 오면
나무에는 물이 오르고
땅은 서둘러 새싹을 틔우고
물이 오른 나무는
서로가 시샘이라도 하듯
앞다퉈 망울망울 꽃망울

혜란아!
봄에 피어나는 꽃들의 역사를 거슬러 올라가 보면 까마득
한 먼 옛날에 꽃나무들은 울창한 밀림에서 살았단다.
잎이 무성하고 튼튼한 나무들은 햇빛과 바람과 구름과 이
른 비와 늦은 비를 맞으므로 더욱 강하고 튼튼하여 자신있
게 가을과 겨울을 맞이할 수 있었단다.
또한 그들은 아름다운 꽃을 피우고 풍성한 열매를 맺으면
서 그 꽃들과 열매들은 그만큼 더 오랜 시간을 맘껏 의기양
양하게 뽐낸다는구나.
그러나 건강한 아름드리 나무들 틈에서 자라는 이른 봄에
꽃을 피우는 여린 나무들은 찬바람 틈새로 내리는 햇볕을
안간힘을 쏟아 온몸으로 받아서 큰 나무들이 무성한 잎을

돋아내기 전에 그렇게 아름다운 꽃을 서둘러 피워낸다는구나.

어느 새 꽃잎은 떨어지고 그리고 서서히 이파리들을 돋아나게 하여 간신히 큰 나무들과 어깨를 나란히 한다니 생명체의 생존경쟁은 대단한 섭리로 여기에도 있나 보구나.

그렇게 생존경쟁의 사연으로 추운 겨울 다음에 아름다운 봄을 장식하여 인간들을 기쁘게 하다니 그래서 또 인간은 만물의 영장인가.

어느 시인의 노래처럼 한 송이 꽃을 피우기 위하여 천둥까지도 울어 주는 자연의 섭리에 그리고 그 의미 또한 그 속에 담겨진 살아 있는 생명체의 철학까지도 우리는 얼마나 감사하며 살고 있는지 스스로 돌아보게 하는구나.

인간끼리 부대끼면서 그것만 고통스럽다고 아우성을 치고 있는 우리들의 모습도.

행여라도 인간 밖에서 버려진 채 사는 우리들은 아닌지.

망울진 목련을 바라보면서 무소유자인 법정스님의 좌우명인 나는 나이고 싶다는 지극히 자연적이고 평범한 한 마디 속의 의미도 떠올려 보는 순간이구나.

혜란아!

영국의 어느 백작이 위풍당당하게 마차를 타고 길을 가다가 밭에서 일하는 농부를 보고 모자를 벗어 경의를 표했는

데 그것을 마부인 하인이 보고 의아하여

"주인님 저 농부를 향해 왜 모자를 벗으십니까?"

하고 물었단다. 그러자 백작은 이렇게 대답을 하였단다.

"서 있는 농부는 앉아 있는 사람보다 더 훌륭하다네." 하고.

하인이 그 말뜻을 얼마만큼 이해하고 받아들였는지는 모르지만 그 백작은 정직한 인간 본연의 사람 위에 사람이 없는 나 자신이고 싶은 참으로 훌륭한 백작으로서의 인격과 덕망을 가진 사람이라는 생각이 드는구나.

일본의 유명한 신학자이며 무교회주의자인 도요히토(네촌감사)의 아버지는 국회의원이었으나 어머니는 기생이었단다.

그가 다섯 살 되던 해에 부모가 모두 돌아가시었단다.

그의 삶은 세상에서 가장 밑바닥인 빈민촌에서 일생을 마치기까지 참으로 하나님의 말씀을 잘 순종한 목자의 사명을 지키신 분이란다.

빈민촌의 대표적인 예를 들자면 그들은 배부르게 먹지 못하기 때문에 항상 위와 장이 비어 있으므로 날마다 대변을 보지 못하고 변비에 시달리고 있었단다.

변비가 얼마나 고통스러운 일인가 비교한 예화를 들어보면 여자가 아기 낳는 것만큼 힘들다고 하더라.

도요히토 목사님은 그들이 며칠째 대변을 보지 못하여 새까맣게 타 있는 대변을 손가락으로 파내다가 항문에서 피가 나오고 상처가 나면 입술로 빨아내기까지 빈민촌의 대부였단다.

일본인들은 그를 성자라 부르고 있으며 교파를 초월하여 세계인들도 그를 존경하고 있단다.

훌륭하다는 것은 우리가 사는 공간의 가장 가까이에서 아주 작은 일들을 아무렇지도 않게 그러나 아무도 할 수 없는 일들을 자신의 일상생활로 한다는 것이다.

이렇게 훌륭한 사람들의 이야기를 듣거나 책을 읽으면서 세상의 많은 사람들은 감동을 받고 자신을 돌아보면서 숨은 봉사자들이 얼마나 많이 있는지 모른단다.

그래서 하나님은 세상을 이처럼 사랑하사 멸망시키지 아니하시고 독생자까지 내어 주시는 사랑을 베푸셨나 보다.

혜란아, 너도 이제 교회에 나오렴.

너는 보다 값진 알곡으로 하나님이 기뻐하시는 일을 크게 하리라 믿는다.

⬆ 2005.2 압구정 아트홀에서 관악1지구 합동연주회

봄에 띄우는 편지 · 3

혜란아!

오늘은 아주 기분이 좋은 날이구나.

교회에서 특별하게 나를 좋아하는 김 집사님 부부가 두 번째 책 선물을 하였는데 이 책의 내용은 아들과 70이 되신 아버지가 간암으로 3개월의 시한부 인생에서 둘째 아들이 아버지의 병간을 하면서 아버지의 말씀을 메모로 기록한 것을 주변의 권유로 일기 형식으로 된 글이었다.

그러니까 두 신학자의 글이 되겠고 삶과 죽음의 사이에서 아버지를 존경하는 아들이 아버지의 어느 것도 놓치지 아니하고 받아 적은 깨달음의 글이 되겠구나.

그리스의 문화는 죽음을 미화했으나 예수의 십자가의 죽음은 절망과 수치의 오열이었다.

예수는 "아버지여 아버지여 나를 버리시나이까." 하고 십자가의 형틀에서 부르짖었으며 그를 십자가에 매달은 유대인들은 그를 쳐다보며 조롱하고 웃었으니까.

그러나 십자가의 부활은 죽음을 이긴 환희였고 그러므로 모든 종교 위에 우뚝 선 완전한 종교라 할 수 있을 것이다.

성서에 달란트란 비유가 나온다.(마태복음 25장 14절 이하)

주인이 타국으로 떠나면서 종들을 불러 하나에게는 금 다섯 달란트를 하나에게는 두 달란트를 하나에게는 한 달란트를 주고 떠났는데 오랜 후에 주인이 돌아와 저희와 회계할 때 다섯 달란트를 받은 자는 장사하여 이익을 남겨 다섯 달란트를 더 가져왔고 두 달란트를 가진 자도 두 달란트를 더 가지고 왔는데 한 달란트를 받은 자는 땅에 묻어 두었다가 그대로 주인에게 둘려주는데 이익을 남긴 두 사람에게는 더 많은 것을 맡기리니 주인의 즐거움에 참예하라는 칭찬을 들으나 한 달란트를 내놓은 자에게는 게으르다는 나무람과 동시에 하나마저 빼앗아 열 달란트 가진 자에게 주는 비유가 있단다.

달란트의 양보다는 내가 받은 달란트(재능)에 우리는 얼마나 불만을 하는지 또 얼마나 감사하는지 판단과 함께 그러므로 얻어지는 것은 칭찬과 게으름 중 어느 것인지 생각하고 있는 어려운 스스로의 문제인 것이었다.

그리고 교회에서도 달란트의 비유는 각기 가지고 있는 재능이라며 교회에 헌신적으로 봉사하는 것으로 가르치기도 한단다.

지금까지 많은 사람들은 달란트의 양(복)에 관심을 가졌고 또 달란트는 각 개인이 가지고 있는 다양한 재능이나 능력으로 하나님이 주신 특별한 선물로 감사하고 있는 것이었다.

그러나 바람 앞에 촛불 같은 시한부의 아버지이신 목사님은 아들로 하여금 깨달음에 젖을 수 있는 수십 배의 달란트를 주신 것이었다.

즉 인간으로 태어난 것은 모두 하나님의 형상으로 태어난 것이다. 인간의 '삶' '태어남' '생명' 이 자체가 무한한 축복이요 달란트라는 것이다. 그러니까 우리는 어떤 재능의 달란트인가 관심을 가졌을 뿐 정작 달란트가 무엇인가는 접어두고 있었던 것이다.

어둠에서 빛과 생명의 달란트를 거저 받은 삶에서 '다섯 배'를 깨달을 수 있고 '두 배'를 깨달을 수 있고 그리고 게을러서 땅에 묻은 어리석은 자도 있다는 것이다.

환희의 생명이 태어난 것을 뒤로 밀어두고 재능을 달란트로 여겼던 것이다. 종교를 철학으로 생각해서는 안 되겠지만 여기서는 철학도 함께 생각하는 깊이가 있다면 더욱 좋겠구나.

그것은 더 많이 깨닫는 자가 진리를 알 수 있으며 그리고 더 어려운 것은 어린아이같이 순진하므로 하나님의 나라에 들어갈 수 있다는 것이다.

너무나 쉬우면서도 아주 어려운 화두라 생각한다.

잘사는 부자를 우리는 복 있는 사람으로 또는 행복한 사람으로 생각하지만 비록 가난해도 웃으며 행복한 사람도 있음을 그리고 우리가 서 있는 이곳에 내 생명이 있는 이곳에 값진 달란트가 있음을 감사해야 할 것이다.

부자의 많은 헌금보다는 부끄러워 다소곳이 엽전 한 잎의 정성스레 바친 과부의 헌금을 주님은 크다고 말씀하셨으니 더불어 겸손이 미덕임을 가르치고 있단다.

혜란아!

하나님은 나에게 어떤 달란트를 주셨을까?

생모는 세 살에 죽어 기억도 없고 아버지는 열 살에 죽었으니 모진 폭풍 속으로 밀어넣은 격이고 의지했던 언니마저 결핵으로 쓰러졌으니 나에게 하나님은 달란트 주심을 잊으셨을까?

행여라도 이런 생각은 절대로 위험한 부정적인 생각이란다.

공의로우신 하나님은 절대로 그럴리 없지.

주신 생명을 사랑하사 아버지가 죽던 그 해 열 살에 하나님은 말씀이 곧 생명이신 교회로 인도해 주셨으니까.

그리고 오늘까지 인도하심을 60여년의 내 친구 금자는 인간승리라고 나를 아껴 준단다.

작은 아이의 믿음의 열매는 어머니를 인도했고 그러므로 큰어머니를 인도했고 시부모는 물론 동서들까지 그 수를 셀 수도 없이 많구나.

하나님의 인도하심이 없었다면 어찌 오늘이 있을 수 있을까. 절망에서의 내 눈물을 닦아 주심과 놀라운 기적을 어찌 다 말로 표현하랴.

네가 나의 살아온 길을 더 잘 알겠지.

혜란아!

호흡이 있는 동안 더 많이 배우고 깨달아서 우리에게 주신 생명의 달란트를 아름답게 사용하여 그리고 어린 아이 같이 순전하여 그리스도가 너와 나의 중심에 있기를 진심으로 기도하자꾸나.

추이: 노 목사님은 평소에도 원서로 된 성서를 읽으셨으며 소장하고 있는 원서는 3,500권.

두 아들 것까지 합하여 6,000권의 신학서적을 신학대학에 기증을 했다는구나. 교수인 두 아들의 원서보다 노 목사님의 원서가 더 많았으니 참으로 놀랍구나.

○ 남편과 함께

봄에 띄우는 편지 · 4

혜란아!

사람이 태어나고 결혼하고 그리고 죽기까지 이 세 가지 일 중에 가장 큰 일이 죽음이라고 하더니 내가 나이를 들고 보니 그 말이 옳은 것 같구나.

도심과 떨어져 조용하고 공기가 좋은 곳에 세워진 양로원이 좋다고들 야단이구나. 늙은이들만 우글대는 그곳이 무엇이 좋을까.

그곳은 건강에 맞추어 오락시설은 물론 과학적인 칼로리의 음식이며 병원이며 편안한 임종을 맞이할 수 있는 노인들의 천국이라는구나.

그래도 나는 싫단다. 차라리 법석대고 시끄러운 시장통이 더 좋을 것 같구나.

옛 사람들은 삼대가 어울려서 사는 게 보통이었으며 또한 과학적으로도 아주 건강한 방법이라고 하는데 자녀들은 부모를 떠나 독립을 요구하고 있으며 사회가 상부상조의 미덕도 없이 개인주의로 나가기 때문에 편리한 생활의 아파트가 투기의 대상이 된지 오래고 부모를 여행지에서 버리는 일까지 벌어지는 현실이구나.

핵이라는 글자가 들어가면 이렇게 무시무시하구나. 이북의 핵이 무섭고 핵가족이 무섭고. 이런저런 일들을 보고 듣고 나도 나의 노후를 어떻게 마무리할 것인가.

친구들과의 모임에서 이야기를 나누다 보면 어처구니 없는 발언에 모두가 어이없는 표정을 짓다가 또 흥분하기도 하고 손자 자랑은 너도 나도 한 마디씩 하다가도 며느리 자랑이 나오면 샐쭉해지다가 드디어 아들놈의 흉이 나오면 어쩌든지 자식에게 재산을 다 주어서는 절대로 안 된다는 것과 건강관리를 잘해서 치매는 걸리지 말자고 서로가 이구동성으로 다짐을 하고 돈이 있으므로 힘이라는 최후의 결론과 정의를 내리다가도 똥 오줌 못 가리고 돈의 개념도 모르는 죽음이라는 명제 앞에서는 또한 이구동성으로 그래도 내 속으로 낳은 자식이 남보다는 더 낫지 않겠느냐고 초라한 저마다의 심경을 나타내기 시작하다가 결론도 정의도 없이 깔깔대고 웃었단다.

그렇다고 나는 자식이 많은 것도 아니고 또한 재산이 많은 것도 아니니 자연스레 여기까지 인도하여 주신 하나님이 이 땅에서의 이별도 아름답게 인도하여 주시리라는 믿음으로 마음을 위로하면서 왔구나.

그리고 며칠 후 소영의 집을 방문하고 이정이 은정이와 한나절을 즐겁게 보내고 한 시간 가량 전철을 타고 오면서 잘 정돈되어 있는 냉장고 속이며 깔끔한 화장대며 위생적인 부엌의 관리며 무엇보다도 두 딸을 잘 기르고 있고 남편의 내조도 잘하고 있으며 요즘 시대에 보기 드물게 아름다운 시부모와의 관계를 보면서 내 딸 소영이는 좋은 딸이라고 흐뭇하고 고마운 마음 한 구석에 도무지 그곳에는 내가 설 자리가 없음도 느끼었구나.

나도 그랬었지. 부모는 언제나 내 곁에 오래 오래 살아 계실 줄 믿었으니까. 소영이도 엄마와 아빠가 언제까지라도 이렇게 활동하며 누구의 신세도 지지 않고 천년이라도 살 것만 같았지.

그러나 언젠가는 풀잎 끝에 매달린 이슬이 허망하게 뚝 떨어지듯 예고 없는 우리의 이별이 다시 한 번 슬프게 하겠지.

우리는 그 이별의 허망함을 보람으로 바꾸어 슬프지는 말자.

아름다운 감각으로
섬세한 눈매로
고요함을 즐기면서
소월의 시를 낭송했던
우리들의 젊은 날

경사진 들길에
손을 내밀면
귓불이 빨개지고
콧등에 땀이 송골송골
우리들의 젊은 날

유월의 짙은 초록과
석양의 주황빛의 노을도
아름답게 맞이하고 보내면서
우리들의 젊음을 희망차게
아— 노래했었지.

혜란아!
　푸른 5월은 어디를 가나 녹음의 계절이고 출렁이는 싱싱
함에 가을이라는 단어는 떠오르지 않지만 어느 해 가을 네
가 구경시켜 준 백양사의 단풍은 5월의 짙은 녹음 앞에서도

영상처럼 떠오르는구나.

백양사 입구에서의 단풍은 터널을 이루고 있었으며 우리는 마치 단풍을 머리에 얹고 등에 짊어지고 걸어가는 인파의 물결 또한 대장정의 행렬이었다.

백양사 대웅전 앞에서 바라보는 흰 바위와 어우러져 있는 단풍은 그곳이 아니면 도저히 만들어질 수 없는 자연이 뿜어내고 있는 고운 색깔들은 몸을 부르르 떨게 했고 그 기막힌 연출은 창조주가 아니면 누가 흉내라도 낼 수 있을까.

누가 물을 주지도 않았으며 가꾸지도 않았으니 말이다.

또한 백양사에서 내장산으로 넘어가는 산등성이에서 내려다보이는 자연 경관은 다시 한번 나는 나이고 싶다는 어느 스님의 말씀도 생각났으나 여기서 저기서 들리는 괴성과도 같은 탄성조차 자연 속에 묻히고 싶은 충동은 어디 나쁜 이겠니.

어쩌면 저렇게도 형형색색의 고운 색감을 나타낼 수 있을까.

말이 없는 자연은 진정 우리에게 무엇인가 가르침을 주고 있는 듯하였단다. 어느 해 미국의 하버드대 종교학 교수가 수덕사에 계시는 원담스님을 찾아가 귀한 말씀을 한 마디 듣고자 청하였더니

"배고프면 밥 먹고, 똥 싸고 싶으면 똥 싸고 하품이 나오

면 잠자고."

그리고 교수의 귀를 힘껏 잡아당기고 이마를 주먹으로 한 대 쳤다는구나. 이것이 화두라고. 미국의 종교학 교수가 인생의 진리를 좀더 알고자 한국까지 찾아와 깊은 산 속의 초라한 원담스님이 들려 주신 그 귀한 말씀을 얼마나 깨닫고 갔을까.

원담스님은 아홉 살 때 이모를 따라 절에 들어왔다가 그대로 눌러앉아 스님이 되었는데 만공스님께서 어린 아이인 원담스님의 이마를 내려치고는

"이놈아 누가 네놈 이마를 때렸느냐. 그놈을 잡아 오너라." 했을 때 원담스님은

"그놈은 마음인 것 같습니다." 하고 대답을 하였단다.

그의 총명함에 만공스님은 원담스님을 여간 사랑하였다는구나. 배고프면 밥 먹고 졸리면 자는 것이 진리라는 것이란다.

너와 내가 어려운 현실에도 감사하고 살아가듯이 이것 또한 진리라는 말씀이다. 행복은 산 너머에 있는 것이 아니고 우리의 가슴 속 마음에 있다는 지극히 평범한 일상을 누가 진리라는 말로 충만하게 살아갈 수 있겠니.

혜란아, 틈틈이 또 여행을 하자꾸나.

이렇게 아름다운 내장산의 단풍을 보여 주어서 여간 고마

웠단다. 내장산의 단풍은 서너 차례 보았지만 그때마다 밀려드는 인파로 사람 구경만 했었구나.

여러 지면을 통해서 작가들도 내장산의 단풍을 극찬한 것을 읽을 때마다 나는 의아했었단다.

"내장산의 단풍이 뭐가 그리 아름답다고 극찬일까." 하고 불만을 했었단다.

산자락 입구에서 산중턱만 바라보고 왔으니 또 관광버스의 제한된 시간에 맞추느라 허둥지둥 차 놓칠세라 제일 먼저 차에 올라와 오두마니 앉아 있었으니 제대로 무엇을 봤겠니?

너를 따라 처음으로 백양사에서 내장산으로 넘어가는 산길은 곧 단풍길이었고 그리고 사방을 둘러보는 아름다움은 오대산의 불타는 단풍하고는 다른 인도의 유명한 융단 카펫을 깔아놓은 듯하더구나.

뛰어내려도 사뿐히 받아줄 것 같은 보드라운 융단 카펫은 그 위에서 뒹굴고 싶었단다.

혜란아!

내년에 또 가자꾸나.

지금은 감탄뿐! 표현을 나타낼 수가 없어서 안타깝지만 좀더 냉정한 마음과 자상한 마음으로 관찰하면서 자세자세 보고 싶구나. 나는 시인도 아니지만, 시상이 떠오를 것만 같구나.

내가 어린 아이처럼 좋아하니까 너는 나를 데리고 갈대밭으로 간다고 했었지. 사실 나는 이리저리 흔들리는 갈대보다는 설악산의 눈꽃 설경을 보고 싶단다.

펄펄 내린 눈송이가 얼어서 잠깐 한숨을 돌리는 사이 영롱한 맑은 구슬로 변하여 나뭇가지마다 솔잎마다 주렁주렁 달려 있는 모습을 상상해 보렴.

세상의 조각가들이 갈고 닦아 만들어 낸 최고의 보석인 다이아몬드도 여기에는 비교할 수가 없을 거야.

그렇게 빛나는 자연의 보석이 산 속의 응달진 곳에 숨어 있단다. 너도 금세 설악으로 달려가고 싶은 충동을 느낄 거야.

자연은 우리의 본연이고 우리의 본연은 자연이라는 맑은 영혼을 가졌기 때문이겠지. 맑은 영혼이라는 단어를 쓰니 또 생각나는 인물이 있구나.

〈호밀밭의 파수꾼〉이라는 소설에 나오는 홀든 콜필드란 학생 말이다. 몇 번이나 낙제점을 받아 기어이 퇴학을 당하는 학생이었단다. 그러나 그는 겨울에 호수의 물이 얼면 오리들은 어떻게 될까. 하는 맑은 영혼을 가지고 있었단다.

저자는 자의식이 풍부하고 섬세한 맑은 영혼을 가진 그가 세상의 어른들과 심지어 선생님한테까지도 이중적인 것을

느끼면서 나락으로 떨어지는 것은 어려운 일이 아니었음을
알리고 있었단다.

우리 나라 사람들은 인생의 가치관을 공부를 잘해서 좋은
대학에 들어가고 보장되는 직장에서 안정되게 사는 것을 원
하며 투기를 해서라도 돈만 많이 벌면 인생의 성공이라고
하지만 저자는 그의 맑은 영혼을 가진 그가 결코 불행한 사
람이 아님을 알리고 있었단다.

때로는 책을 읽는다든가 또 좋은 사람과 대화를 하다보면
한 차원의 세계가 손에 잡힐 것도 같고 마음은 바다같이 트
이고 넓어지는 것도 같지만 일상생활에서의 나는 때때로 왜
그렇게 작게만 행동하고 못났는지 나 자신도 마음에 들지
않을 때가 많단다.

이런 언니를 너는 언제나 참아주고 순종해 주어서 참 많
이 고맙게 생각하고 있단다. 앞으론 더 많이 사랑해 줄 거
야. 너는 내 막내동생이니까.

눈꽃송이

하늘에서 흩날리는 눈송이를
어른들은 꽃잎이라고 노래하는데
깊은 산골에서 사는 작은 개구쟁이는

벌레가 꿈틀거리고 내려온다고 표현한다.

그리고 과학자들은
헤아릴 수 없이 많은 분자들이 모여
"무질서의 바다"에서 "질서의 섬"을
빚어내는 자연의 신비라고 표현한다.

하늘에서 내리는 자연은
어떤 표현이든 감정이 들어 있어서
모두가 아름답다.
체코를 대표했던 작가 카렐 차페크는
정원을 가꾸는 손가락을
훌륭한 연장이라고 표현했다.

피아노도 치고 바이올린도 켜는 내 손가락
페인트도 칠하고 밥 짓고 청소하고
4월이면 꽃밭을 가꾸느라
주름지고 거칠어진 내 손잔등
그러나 나를 다스리며 많은 것을 베푸는
만능의 연장이구나.

봄에 띄우는 편지 · 5

혜란아!

해마다 오월이 오면 나는 조각하는 작가가 되어 내 작품을 감상하면서 즐긴다면 너는 웃겠지?

두 칸의 지하방에서 살면서 조금도 불편함이 없었다면 그것은 내가 내 마음을 속이는 것이 되겠구나.

마당도 없고 수도꼭지만 벽에 붙어 있는 옆에 신발을 벗어 놓고 깜박 들여 놓지 않았다가 비라도 내리는 날이면 흠뻑 젖어 버리기가 일쑤였지.

열 평 남짓한 이곳에서 17여 년을 살았구나.

큰 저택에 식구 수대로 승용차가 있고 사람 같이 사는 친구 집을 방문하고 지하방에 들어서면 나는 잠시 우울해지기도 하지만 곧 작업복으로 갈아 입고 화장실 청소부터 시작

한단다.

　우리 부부방, 소영이방, 부엌까지 청소를 하고 한 잔의 커피를 들고 현관 문을 열면 수도꼭지는 보이지만 그곳은 대장관을 이루는 나의 조각 작품들이 나를 위한 5월의 합창을 하고 있단다.

　손바닥만한 시멘트 마당 위에 버려진 나무들을 모아서 평상을 만들어 그 위에 정확히 15개의 화분들이(공기만한 화분도 있음) 꽃을 피우고 대문으로 올라가는 다섯 개의 계단 양 옆에도 탐스러운 꽃이 망울망울 피어 있으며 또 그 위로 대문 입구에는 큰 화분 두 개에 넝쿨장미를 심었는데 지금은 대문 위로 넝쿨이 뻗어가고 있는 모습을 상상해 보렴.

　이곳이 곧 낙원이고 사람이 살고 있는 향기가 폴폴 나오는 듯싶구나. 그뿐만 아니지. 대문 옆으로 또 세 개의 계단 위에는 난초가 요염하게 봉우리를 맺고 있고 이층으로 올라가는 문 곁에는 우리의 일 년 농사의 식품인 고추나무가 17그루 정도 무성히 자라고 있단다.

　이곳은 화분도 있지만 대개는 버려진 플라스틱 박스를 이용했단다. 한여름이 되면 꽃잎이 흐드러지게 피어나기 때문에 플라스틱은 감추어지고 보는 이로 하여금 입이 다물어지지 않는단다.

　건넛집 할머니는 "올해도 원장님네 고추가 더 잘 자랐어요.” 하신단다. 또 하나의 명물은 두 사람도 들어설 수 없는 좁은 공간의 부엌이란다.

막다른 벽 쪽으로 깊이 1m 길이에 60cm 넓이의 공간이 있어서 5개의 선반을 만들어 1층은 큰 바구니와 프라이팬이 들어 있고 2층 선반에는 압력솥과 작은 바구니가 들어 있으며 3층 선반에는 각종 주종의 냄비들이 10개 정도 자리를 잡고 있으며 4층에는 고기 굽는 오븐과 채소즙기가 놓여 있고 5층 선반에는 우리가 일 년 동안에 사용할 매실이 식초에 담겨져 있는데 5년 동안이나 숙성된 식초도 있단다.

매실이 담겨진 병에는 정확히 담근 날짜가 적혀 있단다.

이런 정리된 장소를 요즘 말로는 수납공간이라고 하더라.

그렇다면 꽃들로 수납되어 있다는 표현이 좋겠구나.

우리 집을 방문한 사람들은 꽃밭을 보고도 놀라지만 좁은 부엌의 5층 수납공간 앞에서는 차라리 숙연해지기까지 한단다.

5층 수납공간이라니 굉장히 높은 것 같지만 총 높이가 2m 2cm이고 5층 수납공간 위로는 작은 창문이 있어서 아침 햇빛이 거침없이 들어오고 또 맞은편 같은 높이의 벽에도 같은 크기의 창문이 있어서 그곳에는 지는 햇살이 빛을 발하고 바람은 자연히 맞바람이 되어 환풍기를 사용하지 않아도 그렇게 쾌적한 부엌이란다.

나의 작품들은(꽃) 무성한 나무들이 아니고 저항력이 없는 연약한 일 년생의 꽃들이기 때문에 아침 저녁으로 물을 줘야 하는데 아주 작은 조대로 뿌리듯이 살살 물을 주면서 네 형부와 나는 아침을 열고 꽃들과 대화를 한단다.

어느 날은 목이 부러진 꽃이 있어서 스카치 테이프로 붙여 놨더니 글쎄 뿌리에서 물을 올려 주는데는 지장이 없었는지 싱싱하게 제 몫을 하는구나.

오늘도 현관문을 열어 놓고 내 작품들을 바라보며 커피 한 잔을 마시다가 빨강색의 장미 한 송이가 봉우리를 터뜨리는 것을 발견하고 장미넝쿨 밑에서 축배를 들었단다.

축배는 그뿐이 아니란다.

오후 3시 이후부터 석양의 햇빛이 소영이 방 저 끝까지 들어오면 사방의 문을 모두 열어 두면 살균의 일광욕이 두어 시간 정도 시작되고 하루의 피아노 레슨이 끝나고 어둠이 사방을 덮으면 아직은 서툰 바이올린으로 '황성옛터'를 켜면서 지나간 날을 더듬어 보면 나를 여기까지 인도해 주신 하나님에게 감사하며 그리고 나를 지켜준 나의 가족에게 지금은 하늘나라에 계시는 시부모님에게 감사를 한단다.

그리고 빼놓지 않고 이 집에게 감사를 한단다.

은행에 저당하고 사채업자에게 저당하고 나의 봉변과 수난을 막아주며 내 어려움을 딛고 일어서게 해 주었던 집, 그

리고 지금은 학원으로 변화시켜 준 집. 늘 미안하고 감사하
고 그런단다.
　혜란아!
　내년에도 후년에도 이제는 나와 같이 낡아져 가는 이 집
을 위해서 더 열심히 가꾸련다.

　요염한 자태로
　꽃대를 올리는 난초

　벤자민의
　떨어질 듯 말 듯
　정겨운 이파리들

　추운 겨울을 이겨 내고
　아침나절에
　빨강 봉우리를
　내민 장미 한 송이

　내 사랑스런
　작품들이 나를 두고
　앞다퉈 꽃을
　틔우느라
　시샘을 하는구나.

6- 요요의 노래

새끼 요요

그이가 양복 주머니 속에서 새까만 무엇인가를 꺼냈을 때
우리는 기겁을 하였다.

꼭 쥐새끼 같았기 때문이다.

그러나 그이의 설명은 보통 장황한 것이 아니었다. 국적
은 영국이요 종자의 이름은 지명을 따서 요크셔 테리어라는
족보까지 있는 세계에서 유명한 애완견이라는 것이다.

이 볼품없는 강아지 새끼 한 마리 얻어오느라 적잖게 술
값을 치렀다고 하였다. 그날부터 우리 식구는 야단법석이
시작되었다. 우유는 적당히 데운다든지 소고기는 잘게 썰어
서 볶는다든지 그리고는 애써 새끼 강아지 앞에다가 갖다
놓는 것이었다.

강아지가 움직이면 그곳을 따라다니며 또 밥그릇을 들고

강아지 코 앞에다가 놓아 주었다.

우선 우리는 이름부터 근사하게 지어주자고 하였다.

나는 금세 떠오르는 이름이 있었지만 절대로 말해서는 안 되는 것이다.

서로가 상대방의 의사는 존중해야 하며 다수결의 결정은 민주주의의 기본이라고 두 부녀는 무슨 원한 맺힌 노동 운동가들처럼 부르짖으니까 나는 무관심한 척 잠자코 있는 것이 곧 승리를 가져다주기 때문이다.

우리는 곧 민주주의의 기본에 들어갔다.

딸아이가 마루 벽에 강아지 이름을 짓는다고 이름을 써 붙여 놓았다. 그이와 딸아이는 한국식의 이름을 짓자는 등 사이 좋은 의논이 한창이었다.

"엄마는 왜 이름을 안 지어?"

무관심해 보이는 나에게 딸아이가 무슨 이름을 지을 것이냐고 물어왔다.

"글쎄 무슨 이름이 좋을까 네가 예쁘게 지어 보렴."

그러나 나의 머리는 빠르게 홍은동의 언덕 위에 있는 문화촌 마을의 그림 같은 집을 떠올리고 있었다.

이십여 년 전 내가 새색시였을 때 남편의 직장을 따라 서울에 올라와서 처음으로 셋방살이를 시작하였을 때 주인집 강아지 이름이 요요였다.

나는 그 이름이 아주 마음에 들었을뿐만 아니라 그 집의 넓은 마당이며 뒤뜰에 있는 연탄창고까지 마음에 들어서 이후에 집을 사게 된다면 햇빛이 잘 드는 남향 집의 문화주택을 구입할 것이고 강아지도 한 마리 기르게 되면 요요라고 이름을 지을 것이라고 야무진 꿈을 꾸었던 추억을 떠올리는 것이다.

드디어 마루 벽에는 강아지 이름이 붙기 시작하였다.

— 쌔미, 뽀삐, 예삐, 방울이, 요요, 바둑이, 꼬미 —

두 부녀는 요요라는 이름이 너무나 마음에 들었으나 그들은 내가 지었다는 이유만으로 낙찰을 보기가 싫은 눈치였다. 이럴 때일수록 내 주장은 절대로 삼가야 한다.

"쌔미도 괜찮고 꼬미도 괜찮은데 예삐는 좀 그렇다. 그치?"

내가 이름 따위에 별 흥미를 나타내지 않자 그들은 요요라고 결정을 내리는 것이다. 참으로 그들은 똑똑하였으므로 요요라는 근사한 이름을 선택한 것이다.

오늘도 승리는 내 것이었다.

그대들이여 아는가 모르는가. 이 기쁨을…….

⬆ 서재에서 딸 소영이와 저자

귀염둥이 요요

요요는 너무나 쪼그만했기 때문에 우리와 함께 방에서 지내기로 하였다.

또 에미 젖을 갓 떼고 왔기 때문에 걸음도 뒤뚱뒤뚱 네 발의 균형도 잡히지 않아서 앞으로 엎어지기도 뒤로 넘어지기도 해서 그 꼴이 가엾고 우습기도 하여서 우리는 금세 애잔한 정으로 요요를 사랑하게 되었다.

오줌 싸고 똥 싸는 것조차도 방 어느 곳이든지 요요가 하고 싶으면 일을 보는 것이다.

그러나 한 달이 지나면서 문제가 생기기 시작하였다.

이제는 제법 대소변의 양이 많아지고 우선 냄새부터 고약해서 어떤 조치가 필요했던 것이다.

나는 철물점에 가서 목띠와 쇠줄을 사 왔다. 그리고 요요를 마당에 매어 놓았다.

대소변을 보라는 것이었는데 요요는 하루가 가고 이틀이 가도 대소변을 보지 않는 것이었다. 우리는 또 의견이 분분하였다. 그런데 딸아이가 울먹이며 말하는 것이다.

"요요는 이제 변비에 걸리게 될 거야. 엄마가 요요 목에 쇠줄을 달아서 밖에 매어 놓았으니 요요는 너무나 놀랐을 거야. 그래서 똥이 나오지 않는 거야."

"……."

"가엾은 요요는 심장병까지 생길지도 몰라."

끝내 딸아이는 울음을 터뜨리고 말았다.

"뭐라구?"

나는 어이가 없었다.

짐승에게 변비는 무엇이고 심장병은 무슨 소리며 엄마 탓이라니. 지극정성으로 요요에게 먹이를 제공한 사람이 누구이며 오물 처리를 깨끗이 처리한 사람이 누구인데 수고한 대가는 없어지고 요요가 똥을 싸지 않는 것이 어찌 내 탓인가.

딸아이의 말이 절대로 맞다는 듯 딸을 향해 고개를 끄덕이다가 기어코 울음을 터뜨리자 나를 쏘아 보는 남편의 눈초리는 또 무엇이란 말인가. 허기야 남편이란 위인은 옳든지 그르든지 딸편만 드는 사람이니 상관할 필요는 없는 것이기에 접어두는 수밖에 없었다.

지금의 분위기로 봐서는 본전 찾기도 어렵겠다는 판단이 들었기 때문이었다.

그들은 또 민주주의의 본질인 다수결로 모든 문제를 해결하려고 하였기 때문에 나는 동의할 수밖에 없었다.

요요의 목에서 노예의 줄을 없애자는 것이다.

드디어 노예의 줄에서 해방된 요요는 그리운 방을 향하여 힘찬 뜀박질을 하였고 그리고 그들이 주장했던 대로 요요는 방으로 뛰어들자 시원스레 대소변을 보는 것이었다.

그들도 요요도 행복한 순간이었다.

요요는 귀염둥이
요요의 국적은 영국
요요는 영국의 신사
요요는 장난꾸러기

요요는 멋쟁이

그이는 회사로.

그녀는 대학교로.

그들의 민주주의의 원칙은 지극히 공평을 주장하였으나 요요의 취사며 오물 치닥꺼리는 자연히 내게 떨어진 일이 되었다. 나는 계속 피해자일 수는 없었다. 그들의 민주주의에는 문제가 있었으므로 나는 빠르게 무슨 대책을 강구해야만 했던 것이다. 그리고 나의 작전은 시작되었다.

그들이 직장으로 학교로 나서면 나는 요요의 목에 목댕기를 채워 밖에다 매어 놓았다. 참으로 놀랍고 신통한 것은 요요는 절대로 밖에서는 대소변을 보지 않았다.

요요는 멋쟁이 영국 신사의 혈통을 타고난 것이 틀림 없었다. 두 사람이 돌아올 때쯤이면 나는 요요의 목댕기를 풀어주며 발바닥을 깨끗이 닦아 주었다.

그러면 요요는 해방과 자유에 네 활개를 치며 방으로 뛰어와 방 아랫목 꼭 그 자리에 대소변을 시원스레 보는 것이다. 다시 한 번 요요가 영국의 신사, 요크셔의 정통을 이어 받은 명문 애견 가문의 후손견임을 인정하지 않을 수 없었다.

나는 날마다 요요가 귀여워죽겠고 애완견은 단연 요크셔라며 애찬을 늘어 놓기도 하였다. 두 부녀가 요요가 시원스레 싸 놓은 오물을 코를 막고 치우면서 투덜거리는 소리에 나의 피곤은 씻은 듯이 풀렸으며 민주주의를 앞세워 피해자로 고통받게 하였던 그들은 나의 보이지 않는 독재 앞에 굴복하는 것이었다.

사랑하는 그대들이여 나의 이 기분을 아는가 모르는가.

오늘도 승리는 내 것일세.

요요는 멋쟁이 요크셔의 영국 신사
미워할 수 없는 귀염둥이
아마도 세계의 민주주의의 원조는
영국이 아니던가.
그래서 요요는
나에게 많이 많이
재롱을 부리는가.

요요는 문제투성이

요요는 여간 식성이 까다로웠다.

밥은 물론 소시지며 삼치 캔조차도 먹으려 들지 않았다.

그러나 아빠와 딸은 우리는 못 먹더라도 요요에게만은 먹이자는 것이다.

부녀간의 주고받는 대화를 듣고 있노라면 울화가 치밀어서 죽을 지경이지만 이럴 때 화를 낸다는 것은 어리석은 일이기 때문에 화 따위로 그들과의 상대를 피하는 것이 상책이었다.

그들 부녀는 무슨 일이 있다하면 합세하여 나를 난처하게 하는 꿍짝 버릇이 있었다.

— 아무리 말 못하는 짐승이라도 함부로 해서는 안 된다는 둥

─ 도시락에서 남겨온 삼치를 준다는 둥

─ 그러니 요요가 먹겠냐는 둥

─ 목욕도 겨우 3일에 한 번 시킨다는 둥

─ 그러니 냄새가 난다는 둥

─ 요요는 훈련을 시키지 않아서 공을 던져도 잽싸게 물고오기는커녕 멍청하게 바라보고만 있다는 둥

그들은 주거니 받거니 기어코 나의 말초신경을 자극시켜서 이번 기회에 요요에게 잘못하고 있는 부분을 고쳐놓고야 말겠다는 생각이 분명하였다.

앞서도 말했지만 이런 경우 심리전으로 들어가는 수밖에 없었다. 절대로 한방에 날리는 문제가 아니었다.

문제의 원인을 찾아보면 문제의 본질은 다분히 감정이 깔려있기 때문에 해결은 지름길이 될 수도 있는 것이다.

어느 사이 나는 그들의 곁에 쭈그리고 앉아 그들의 말이 옳을 때는 고개를 끄덕여 주고 인정하기도 하였다.

끝도 없는 그들의 불만을 들으면서 나의 가슴은 파도 같은 분노가 일렁이며 바위에 철썩 부딪치려는 순간 아니다 참자 하고는 나의 두 손바닥을 쫙 펴 보았다.

굵어진 손가락 마디와 거칠어진 손등, 또 손바닥의 잔금들은 내 인생의 역사가 새겨 있는 듯하였다.

그리고 가슴 속의 파도를 달래보았다.

그렇지! 우리 집의 모든 경제가 이 조그맣고 거칠어진 손바닥 안에 들어 있었다.

용돈, 의상, 저축, 경조사, 휴지 사는 일까지.

어쩌면 그들의 꿈까지도 이 작은 손바닥 안에 들어 있는지도 모른다.

딸아이는 가끔 꽃무늬가 들어 있는 화장지를 사자고 졸라댈 때도 그것은 낭비이고 옛날에는 신문지도 없었다며 열 개짜리 긴 휴지를 치렁치렁 들고 오곤 했었다.

오로지 절약만이 제일의 신조로 삼고 부모를 모시고 살아가는 우리 살림살이를 부녀는 알 턱이 없을 것이다.

남편인들 어찌 그냥 넘어 가겠는가.

"우리 집의 가계부는 더 줄일 곳이 없어요. 당신의 외식비를 줄이세요."

"뭐야? 외식비를 더 줄이라고? 이 용돈도 모자라 나는 맨날 공짜로 얻어 먹기만 한다구."

"두 번 얻어 먹으면 한 번을 사야 하는 것 아니냐고 큰소리 칠 때는 언제고요."

포인트에 맨날 잔소리만 하는 아내가 남편인들 일편단심 어찌 귀엽기만 하겠는가.

대관절 아내에게 엄마에게 얼마나 불만이 많이 쌓였길래 이렇게 엉뚱한 요요 사건으로 나를 곤경에 빠뜨리려는 것일까.

좋다 더 들어주자. 내가 들어 주므로 그들의 스트레스가 풀릴 수만 있다면…….

그러나 나는 참는 한계를 훨씬 뛰어 넘고 있었지만 최소한의 작은 폭탄이라도 준비하려면 머리를 굴려야 되겠기에 한계의 인내심을 달래고 있었다.

나는 비 맞은 암탉처럼 어깨를 늘어뜨리고 고개까지 숙여 주었다. 그들은 더 이상의 심한 말은 하지 않았다. 지성인이라고 자처하기도 하지만 한편으로는 후환이 두렵기도 하기 때문일 것이다. 이제 내가 말을 해야 할 차례였다.

나는 긴 호흡을 하고 시선은 땅에 떨구고 한숨까지 쉬면서 말을 시작하였다.

"정말 그렇구나. 너랑 아빠가 그렇게 많이 엄마에게 불만이 있는 줄을 몰랐구나. 엄마도 요요를 애완용답게 예쁘게 장식도 해 주고 싶으나 할아버지 할머니를 모시고 살면서도 한 달에 단 하루도 파출부를 쓰지 않는 것은 너를 음대에 보내려면 한 번이라도 더 교수 레슨을 받기 위해서였지. 너도 열심히 노력했기에 오늘 당당한 음대생이 되지 않았니? 엄마는 내 딸에 대해서 여간 자랑스럽게 생각하고 있단다."

나는 잠깐 말을 멈추고 부녀를 바라보았다.

두 사람은 약간 긴장되어 있는 듯하였으나 아직까지는 당당해 보였다.

　나는 마음을 가다듬고 다시 말을 시작하였다.

　"사실 요요가 우리 집으로 오면서부터 가계에 많은 부담을 주고 있단다. 요요는 어리고 약하기 때문에 병원에도 자주 다녀야 하고 요요는 의료보험의 혜택이 없기 때문에 금세 십여만 원이 들어간단다. 더욱 문제인 것은 네가 대학에서 공부하는 시간과 또 아빠가 회사에서 일하는 시간을 합쳐도 엄마가 하루 학원+가정에서 일하는 시간이 더 많단다. 엄마는 너무 힘이 들어서 눈앞이 핑 돌만큼 어지러울 때도 있지만 그러나 요요의 귀여운 재롱에 우리 식구 모두가 행복하게 웃을 수 있어서 엄마는 이겨내고 있었는데 요요 때문에 서로에게 불만이 생기고 우리 집의 평화에 금이 가고 있다면 이것은 불행한 일이 아닐수 없구나. 아빠와 네 말을 들으면서 많은 책임을 느꼈구나. 사람에게는 누구나 한계가 있는 것이란다. 섭섭하지만 요요를 위해서도 요요가 태어난 곳으로 기꺼이 되돌려 보내야 하겠구나. 우리 집에서 가장 소중한 것은 요요보다는 우리 가족이 아니겠니?"

　나는 솔직하게 그리고 단호하게 말을 끝냈다.

　조금 전의 그들의 공격은 어디로 가 버리고 금세 그들은 귀여운 다람쥐 같은 천진스런 눈빛으로 안타깝게 나를 바라보고 있었다.

“우와 우리 엄마 엄마 엄마.”

딸아이는 세상에서 가장 좋은 것은 엄마라고 말하는 것처럼 나를 끌어안고 야단이었다.

“엄마 제발 부탁이야. 요요를 보내지만 말아줘.”

“…….”

“사랑해 엄마.”

“…….”

“알았어. 용돈도 줄일 거야.”

내 인내의 폭탄은 단 한방으로 오늘도 승리는 내 것이지만 이처럼 사랑이 넘치는 내 가족을 위해서 새롭게 더 노력할 것을 다짐하며 그들에게 감사하고 있었다.

(1985년)

요요의 사춘기

이 세상에서
가장 아름다운 것은 사랑이라네.
사랑은 눈에 보이지 않아도
손에 잡히지 않아도
가슴이 먼저 알아 버리기에

눈동자 속에 가득히
때로는 눈물로
때로는 미소로
어려운 세상살이를
솜사탕보다 더 가볍게
그리고 달콤하게 살아가게 한다네.

이 세상에서
가장 소중한 것은 사랑이라네.
사랑은 어둠을 밝히는 빛이며
사랑은 썩지 않게 하는
소금이며
사랑은 생명이라네.

아가에게는 엄마의 사랑이
목구멍으로 젖이 넘어가듯
꿀덕 꿀덕
아가는 엄마를 강하게 한다네.

사랑을 위한 희생은
아무리 힘든 일도
든든하고 가볍고
목숨까지도 아깝지 않는
아가페의 사랑이라네.
사랑은 내 힘의 원천
그래서 나는 오늘도 승리하네.

요요가 아파요

요요는 요즘 들어서 우유조차도 먹지 않고 시름시름 앓고
있었다.

아랫도리가 벌겋게 부어 있는 것이 여간 걱정이 아니었
다.

유난히 검고 맑은 눈동자로 나를 바라볼 때는 측은한 연
민에 가계부의 사정을 뒤로 밀쳐놓고 가축병원으로 뛰어가
는 것이다.

우리 집에서 가축병원은 멀기 때문에 택시를 타야 되는데
기사님들은 강아지는 재수 없다고 싫어하기 때문에 큰 백
속에 요요를 감추고 타는 것이다.

그러나 요요는 숨이 답답하고 내 가슴에 안기고 싶어서
캥캥 소리를 지르면 기사님의 두 눈은 사무라이처럼 무섭게

치켜 올라가는 것이었다.

"개새끼요?"

하고 소리를 지르는 것이다.

집에서부터 요요에게 잠자코 있어야 한다고 당부 당부했
는데 언제나 이렇게 들통이 나는 것이다. 나는 기사님에게
참으로 미안하다는 말씀과 함께

"이렇게 말도 못하는 강아지가 많이 아파서 병원에 데리
고 가느라고요."

하고는 아가 주먹보다도 더 작은 요요의 얼굴을 살짝 보여
주었다. 대체적으로 기사님들은 어이없어 하며

"허 그놈 팔자 한번 좋다."

이렇게 순조롭게 되는 날은 요요는 답답한 백 속에 갇혀
있을 이유가 없어지고 내 무릎에 앉아서 창 너머로 거리의
풍경을 내다보며 즐거운 나들이를 하게 되는 것이다.

수의사 선생님은 요요의 이곳 저곳을 살펴보시더니 함박
웃으시며

"이제는 밥값을 하겠습니다."

요요는 이제 새끼를 가질 수 있는 신체 건강한 암놈이 된
것이다. 그날부터 나는 요요의 아랫도리에 모든 관심을 쏟
아야 했다.

언제 생리가 있을지 또 생리가 있는 그날부터 10~15일

사이가 교미의 최적기라고 했기 때문이었다.

　그러나 딸이나 그이에게는 왠지 이런 말을 하기가 부끄러워서 잠자코 있기로 하였다.

　"아빠 요요는 큰 병에 걸렸나 봐."

　"아직도 그러니?"

　"엉덩이가 어제보다 더 빨갛게 부어 있어요."

　"큰일이구나."

　"엄마는 너무해."

　"……."

　"요요가 이렇게 아픈데 병원에도 데리고 가지 않잖아."

　"……."

　그들이 어떤 말로 떠들어도 나는 대꾸할 필요를 느끼지 않았다.

　~~~ 참새가 어찌 봉황의 뜻을 알꼬. ~~~
　~~~

⬆ 제15회 정기연주회 참가자 기념촬영

요요는 숙녀

요요는 이께 건강한 숙녀
활활 타오르는 젊음
장미보다도 더 아름다운 요요
그렇지
장미는 요요의 나라
영국의 국화지
요요의 꽁지에는
님을 부르는 소리가
안개처럼 피어나고
요요가 태어났던
그 꽁지 속에
새롭게 둥지를 틀고

분홍빛 사랑으로
님을 부르네.

요요의 꽁지 속에는
주홍빛 장미화
님을 부르는 소리가
펄럭이는 깃발 되어
구름처럼 두둥실
향기나는 비파로
속살을 드러낸
완숙한 숙녀?
엄마야 누나야 강변 살자.

요요의 나들이

삼월인데도 날씨는 여간 변덕스럽다.

봄이 뒷걸음질을 치고 매서운 바람이 장독대 위에 먼지로 가득하고 창문들은 덜컹거린다. 겨울은 봄을 시샘해서 꽃샘바람이 이렇게 극성을 부리는 걸까.

그러나 꽃샘추위는 땅을 솟아오르게 하고 꽃씨들을 자극해서 더 아름다운 꽃을 피우게 하겠지. 그것은 바로 자연의 섭리니까. 나는 요즘 요요의 신랑감 후보를 물색하느라 여간 바쁘게 하루를 넘긴다.

수의사 선생님께서 추천해주신 신랑(수캐)감은 족보도 좋았지만 한 번 교미하는데 십만 원이라고 하였다. 만약 실패해서 요요가 새끼를 갖지 못하더라도 책임을 지지 않는다고 하였다.

그러니까 딱 한 번 짝짓기하는데 십만 원이라는 것이다.

앞뒤 나무랄 데 없는 후보였으나 돈도 문제였지만 딱 한 번이라니 우리의 자존심이 팍 상하고 말았다.

그렇다고 "한 번 더 기회를 주세요." 하고 사정하기에는 요요의 자존심이 걸린 문제였다.

나는 곰곰이 생각하다가 끝까지 책임질 수 있는 신랑감을 고르기로 하고 퇴짜를 놔버렸다. 그때 마침 친구한테서 전화가 왔는데 인지네 강아지(요크셔)가 애완견 콘테스트에서 우승을 했다는 것이다.

"어머나 내가 왜 그걸 몰랐지?

나는 여간 기뻤다. 우선 십만 원이 어디냐 싶었다. 그리고 또 우리 요요가 애완견 콘테스트에서 우승한 신랑을 맞이하게 되었으니 더욱 기쁜 일이었다. 나와 인지 엄마는 여간 친한 사이어서 내 청을 기쁘게 받아 주었다.

어느 날 신문 속에 끼어 있는 광고물 속에서 눈에 거슬리는 광고지 한 장을 발견하였다. 그것은 봉천동 사거리에 '야마노'라는 이름의 미용실에서 뿌린 개업광고였다.

우리 대한민국 최고 명문인 서울대학 입구에서 일본 이름의 미용실이라니 안 될 말이었다. 나는 찾아가 보기로 하였다.

이층에 있는 야마노 미용실은 참으로 근사한 최첨단의 독

일 제품으로 멋스런 시설로 꾸며져 있었다.

"제가 야마노 원장입니다."

그녀는 일본 여자도 아니었으며 놀랍게도 화장기 하나 없는 깨끗한 얼굴에 늘씬하고 아름다운 한국의 딸이었다. 그리고 겸손하였다.

내가 찾아온 이유에 그녀는 당황해 했고 평범한 주부의 조국관의 소신에 놀라워했다. 야마노라는 미용실의 간판 이름을 바꾸라고 했고 이곳은 서울대학 앞이라고 했다.

그녀는 일본의 유명한 야마노 미용학교를 우수한 성적으로 졸업하였으며 일본의 우에노에서 한국관이라는 간판을 걸고 미용실을 운영하고 있으며 앞으로의 계획은 미용학교를 세우고 꿈이 앞당겨진다면 버림 받은 노인들을 위해 무료 양로원을 운영해 보고 싶다고 하였다.

이렇게 시작된 사귐은 존경하는 친구로 발전해 나갔으며 나는 시부모를 모시고 있었고 그녀는 친정 부모를 모시고 사는 효녀였다.

우리는 비슷한 공통점을 가지고 있었다.

서로가 외동딸을 키우고 있었기 때문이었다.

그녀는 일본을 오가며 양쪽의 미용실을 운영하는데 일본 비자는 15일뿐이어서 결국은 남의 손에 맡겨서 운영하다가 어려운 점이 많기도 했지만 딸이 일본으로 유학을 가게 되어 한국의 미용실을 접기로 하였다.

우리의 우정도 십여 년의 긴 세월이 흘렀고 그녀가 나를 일본으로 초청하여 우에노에 있는 그녀의 집에서 비자의 마지막 날까지 즐겁게 지내기도 하였다.

애국자처럼 당당하게 찾아갔다가 소중한 인연의 친구를 만나게 된 것이었다.

인지의 할머니도 계시는데 빈 손으로 갈 수 없어서 3만원을 주고 아카시아꿀 한 병을 샀다. 우리는 암놈 수놈을 방안에 밀어 넣고 거실에서 차를 마시며 그간의 정담들을 나누었다.

따뜻하게 지어 준 점심도 먹었고 이제는 집으로 돌아가야 하는데 요요는 방구석에 쪼그리고 앉아서 수놈의 접근을 도무지 용납치 않고 있었다.

우리는 다시 의견을 모았다. 방안이 너무 크고 환한 탓인가. 그럼 작은 방으로. 그리고 다시 욕실로 옮겨 봤지만 요요의 꼬리는 좀처럼 치켜올라가지 않았으며 더욱 겁게 질린 채 절개를 지키려는 비장한 모습이 역력하였다.

수놈은 종일토록 코를 벌름거리며 요요를 사랑하고 싶어서 아양을 떨고 뱅뱅뱅 돌다가 뒷다리를 올리며 여기저기 오줌을 찔끔찔끔 갈기고 다니고 있었다.

민망해서 견딜 수가 없었다.

그러나 요요가 싫다는데 할 수 없는 일이었다.

결국 허탕을 치고 저녁까지 대접 받고 꽃샘바람이 부는 밤길을 내려오는데 나는 울고 싶었다. 요요도 미안했는지 죄인처럼 내 가슴에 고개를 푹 숙이고 있었다.

꽃샘바람

요요야 너도
꽃샘바람이 싫으니?
겨울이 중턱에 이르면
봄을 기다려 보다가
봄을 밀어내는 꽃샘바람이
올 때쯤 나는 다시 겨울을
붙들고 싶었단다.

그렇게 좋아했던 큰언니가
꽃샘바람에 감기 왕초를 앓아
가슴이 숭숭 뚫렸단다.
그때
나는 한동안 갈 곳도
의지도 없었단다.
그래서 얼마나 울었는지

나는 겨울을 붙들고 싶었지만
오는 꽃샘바람도 막을 수는
더더욱 없었단다.

요요야 슬퍼하지 마라.
지금은 슬픈 일 같지만
꽃샘바람도 지나고
봄나물이 돋아날 때쯤 너는
가족을 거느리게 될 거야
그동안 모르고 살았던
행복과 가족의 중요성도
배우게 될 거야

요요야
오늘은 네가 싫어해서
이렇게 언짢은 마음이지만
내가 더 수소문해서
네게 꼭 맞는
네 짝을 찾아줄 테니
그때는 너도 꽁지를
내리지 말아다오
우리는 네 가족을 더욱
사랑할 거야.

요요의 신방

전동차 속에서 요요는 코트 깃 사이로 내 얼굴을 빠끔히 쳐다보고 있었다.

오늘 따라 요요의 검은 눈동자는 촉촉한 물기로 흠뻑 젖어 있었다.

'마님 우리는 지금 어디를 향해 가고 있습니까.' 하고 묻고 있는 듯하였다.

어제의 실패로 여기저기 자문을 구하여 을지로에 있는 애견전문 센터를 소개 받아 우리는 그곳을 향해 한강 다리를 건너고 있었다.

그곳은 애완견이 먹고 입는 것과 온갖 사치스런 장난감은 물론 요요가 마음에 들어 꼬리를 올릴 수 있는 후보들이 줄을 서 있다는 것이다.

더구나 내 마음에 드는 조건은 딱 한 번이 아닌 요요가 새끼를 가질 때까지 책임을 진다는 것이다.

나는 아깝지 않게 쌀 한 가마 값인 십만 원을 코트 안주머니에 넣고 우리는 씩씩하고 당당하게 센터 문을 밀고 들어섰다.

소문 대로 귀여운 애완견들이 갖가지 치장으로 한껏 뽐내고 있었다.

머리를 땋아 예쁜 리본과 핀을 꽂고 있는가 하면 린스와 무스를 바르고 윤기나는 머리를 뒤로 넘겨 빗은 멋쟁이도 있었고 무도회에 가려는 듯 화려한 의상에 신발까지 갖추고 공주를 기다리고 있는 왕족도 있었다.

요요도 신기했는지 고개를 빼고 구경하려던 찰라에 요요를 발견한 센터의 애견들이 약속이나 한 듯이 일제히 짖어대기 시작하였다.

내가 주춤하며 놀라자 요요가 본능적으로 나를 보호하려는 듯 센터의 강아지들을 물어 버릴 기세도 대항하며 짖어대고 있었다.

그때 우리 요요의 모습은 대장같이 씩씩해 보였다.

개들의 우렁찬 함성에 센터의 주인이 뛰어나와서 자기네 강아지들을 나무라자 우리는 어깨가 으쓱하였다. 주인은 아주 친절하게 어떤놈으로 할 것인가 고르라고 하였다.

“그렇다. 고르는 것이다. 딱 한 번이 아닌 우리의 마음에 드는 신랑을 고르는 것이다.”

“자 요요야 얘는 어떠니?”

우리는 후보들의 족보까지 검토를 한 다음에 건강하고 씩씩한 신랑을 선택하였다.

“얘로 해 주세요.”

주인은 “좋은 놈 고르셨습니다.”

하더니 내 가슴에 안겨 있는 요요의 목덜미를 움켜쥐더니 냉큼 진찰대 위에 올려 놓는 것이었다.

그리고 휘파람을 휙~ 부니까 조수가 쪼르르 달려 나오고,

“신랑 신부 신방을 차려라.”

주인은 조수에게 지시를 한 다음 요요의 뒷다리를 발랑 뒤로 제치더니 치켜 세우고 요요의 꽁무니의 털을 싹둑싹둑 자르는 폼이 여간 잽싸게 움직이고 있었다.

“이놈 숫처녀네.” 하고 빙그레 미소까지 짓는 것이었다.

금세 조수 총각이 우리가 선택한 수놈을 집어다가 요요의 꽁무니에 코를 들이대면서

“처녀야, 숫처녀 좋지?” 하더니 눈 깜짝할 사이에 요요의 비명이 들리는가 하더니 두 놈이 한 놈이 되었고 나는 어디로 도망칠 수도 없어 쩔쩔매고 있는데

"처음 보시요."

"……."

"자 아파트 문을 열어라. 신방을 꾸며 주자."

한몸이 된 두 마리를 양손으로 번쩍 들어 올리더니 아파
트(개집)에다 넣어 주고는

"단꿈 많이 꿔라."

지금까지 주인의 행동은 예술이었다. 감탄이 새어 나왔
다. 쌀 한 가마 값이 조금도 아깝지 않았다.

"3일 입원을 시켜야 합니다."

내일 하루는 쉬고 모레 요요는 한 차례 더 신방을 차려 줘
야 완전히 새끼를 갖는다는 것이었다.

아파트 속에 들어 있는 요요는 뒷꽁지를 수놈에게 맡긴
채 나만을 바라보고 있는 듯하였으나 나는 요요의 눈길을
피해 그곳을 빠져 나왔다.

나 혼자 전동차를 타고 한강을 넘어 오는데 무엇인가 소
중한 것을 잃어버린 것 같은 허탈한 마음이었다.

요요의 임신

“뭐라고 요요가 임신을 했다고?”

요요가 새끼를 갖기 위해 입원했다는 소식은 어처구니 없는 신기한 뉴스가 되어 동성이 수현이 현성이 조카들은 손뼉을 치며 좋아하였다.

우리는 빨강색의 아파트를 분양하여 사다 놓았고 포근한 요도 사다 놓았다. 요요는 이제 홀몸이 아니기 때문에 아무 데나 뛰어 다녀서도 안 되고 목댕기로 목을 묶어서 밖에다 매어 놓아도 안 되는 것이다.

건강한 새끼를 낳기 위해서는 조용한 생활과 풍부한 칼로리의 음식과 적당한 산책 정도의 운동만 해야 하는 것이다. 두 달만 기다리면 요요는 새끼를 낳을 것이다. 벌써 예정일도 알려 주었다. 우리 가족들은 다시 새로워지기 시작하였다.

요요의 출산

내일 모레면 요요가 새끼를 낳을 예정일이다.

아침 일찍부터 목욕도 시키고 요요가 좋아하는 소고기 요리도 맛있게 만들어 주었으나 요요는 입맛이 없는지 조금밖에 먹지 않았다.

우리 집의 아침 시간은 요요로부터 시작되었다.

요요는 그이의 출근을 배웅하고 딸아이와의 아쉬운 헤어짐은 딸아이가 나가는 현관문 앞에서 한참을 서 있는 것이다. 요즘 요요는 아파트인 제 집은 도무지 들어가지 않고 어두운 책상 밑에서 안정을 취하고 있었다.

책상 밑으로 들어간 요요한테서 처음 들어본 괴성의 비명이 들려 왔다. 그 비명은 약간의 공포가 섞여 있는 듯하여 책상 밑을 들여다보며 말했다.

“요요야 왜 그러니?”

요요는 까만 눈동자를 굴리며 나를 말끔히 바라보고 있었지만 자세가 좀 이상해 보였다. 그리고 약 십여 분이 지났을까. 요요는 하얀 비닐 같은 투명한 막으로 쌓여져 있는 아주 조그마한 물체를 내 앞으로 물고 왔다.

“이게 뭐야?”

나는 질겁을 하며 놀랐으나 요요는 내 놀람에는 아랑곳없이 그 하얀 막을 뜯어먹기 시작하였다. 참으로 놀라운 일이었다. 그 막 속에는 요요의 새끼가 꼬무락꼬무락 움직이고 있는 것이다.

“아~ 요요가 새끼를 낳았구나.”

요요는 열심히 새끼를 핥고 있었다.

새끼는 눈을 감고 있었으며 어느 한 군데 빼놓지 않고 윤기가 나도록 핥고 있었다. 그럴수록 새끼의 꼬무락거림이 확실해지며 킹킹대더니 기는 흉내를 금세 하고 있었다.

“어머나.”

탄성조차의 여유도 없이 요요는 엉거주춤 내 주위를 맴돌더니 또 하나의 새끼를 낳으려 하는 것이다. 나는 완전히 무서워졌다. 그이에게 빨리 오라고 전화를 했다.

“여보 여보 빨리 오세요. 요요가 새끼를 낳았어요. 한 마리는 완전히 낳았구요. 또 한 마리가 나오려고 그래요. 무서워요. 빨리 오세요.”

“뭐라고, 뭐라고? 요요가 새끼를 한 마리는 완전히 낳았고, 또 한 마리는 지금 나오고 있다고? 절대로 전화는 끊지 말고 상황을 자세히 설명하라고.”

나는 어처구니 없는 상황에서 강아지가 새끼를 낳은 과정을 수화기를 통해 생중계하는 아나운서가 되어야 했다.

남편의 사무실에서도 마감일의 바쁜 편집의 일손을 멈추고 남편의 급박하게 돌아가는 통화의 내용에 귀를 쫑긋 세우고 있는 듯하였다. 그래 아나운서라니. 뜬금없는 것은 아니다.

때로는 해거름이면 산그림자가 온 마을을 드리울 때처럼 빈 소리로 넘겼던 그 추억이 있는 홍은동 언덕배기의 문화 마을 셋방으로 옮겨가고 있었다.

그 집 주인 할아버지는 광산을 하시는 분이셨고 큰 아들은 방송국에 근무하고 있었으며 큰딸은 대학교 교수였고 막내딸은 은행에 근무하고 있었는데 어머니가 돌아가셨기 때문에 살림은 가정부가 침식을 하며 살고 있었다.

그 자녀들은 세 분 모두 나보다 나이가 많았기 때문에 새색시인 나를 여간 귀여워해 주셨다.

가정부가 시장에라도 가고 없을 때는 전화가 걸려오면 메모도 해 주고 꽃밭에 풀을 뽑기도 물을 주기도 하였다.

그때 마침 내 남동생이 군대에서 휴가를 나와서 우리 집을 방문하였는데 주인집의 큰아들과 대학 선후배 사이였고 연극도 함께 한 사이인데 뜻밖으로 만나게 되어 여간 반가워하는 것이었다.

대학 시절에 잘생긴 내 남동생에게 관심이 많았다며 미남 미녀 집안이라고 칭찬을 해 주었다. 또한 나에게 목소리가 좋다고 아나운서를 해 볼 생각이 없느냐고 했으며 여원(그 당시 최고의 여성잡지)의 표지모델로도 제의를 받은 적이 있었다.

남편이 한사코 반대를 하여서 그 일은 이루어지지 않았지만 내 가슴 속에는 해거름의 산그늘처럼 아쉬움으로 남아 있는 추억이 있었다.

나는 비록 전화통이지만 추억의 아나운서가 되어 상냥하고 재치있게 자세히 알려 주었더니 웃음소리와 박수소리가 수화기를 타고 들려 왔다.

웃음은 그곳만이 아니었다. 이곳 학원에서도 아이들이 피아노를 치다 말고 야단법석이 벌어지고 있었다.

"요요가 짝짓기를 해서 새끼를 낳았대. 한 마리는 완전히 낳았고 한 마리는 지금 나오고 있대."

"하하하 호호호 깔깔깔."

"그래서 새끼를 낳았대요."

"또 한 마리가 지금 나오고 있대요."

이제 요요는 엄마래요

요요는 세 마리의 새끼를 낳았다.

첫째 수놈

둘째 수놈

셋째 암놈

사람으로 치면 2남 1녀인 것이다.

요요는 누구의 가르침도 없었는데 요요는 신기한 비밀까지도 다 알고 있었으며 꼭 저를 닮은 새끼를 세 마리나 낳은 것이다.

요요는 새끼들을 앞에 두고 비스듬히 누워서 휴식을 취하는 모습은 아늑함과 풍요로움으로 아무리 바라보아도 싫증 나지 않는 행복 그 자체였으며 요요는 스스로도 대견스러운 듯 새끼들을 바라보면서 여기저기 핥아주는 자애로운 모습은 진정한 모성의 본능인 아름다운 풍경이었다.

　모성이라는 것은 사람이나 짐승이나 다를 바가 없었다.

　우리 가족은 쥐새끼같이 볼품 없었던 요요가 곱슬거리는 긴 털의 우아한 애견으로 자라면서 한 가족의 구성을 이루기까지 감탄과 놀라움과 책임의 의무를 다하는 것을 바라보며 서로에게 신뢰를 쌓아가는 보이지 않는 정을 느끼게 되었다.

김숙자 수필집

어머니, 그리고 나의 어머니

발행일 · 2005년 11월 30일

지 은 이 · 김숙자
일러스트 · 김천정
편 집 장 · 박옥주

편 집 인 · 박종현
발 행 인 · 안종완
펴 낸 곳 · 세계문예

등록/1998년 5월 27일(제7-180호)

주소/(132-033) 서울시 도봉구 쌍문3동 315-402

전화/편집부:995-0071, 2, 3 영업부:995-1177

팩스/904-0071

e-mail | adongmun@naver.com
e-mail | adongmun@hanmail.net
Homepage | adongmun.co.kr
　　　　아동문예

ISBN 89-88695-55-0

※저자와의 협약에 의해 인지는 생략합니다.